Königs Erläuterungen
Band 148

Erläuterungen zu Max Frisch

Stiller

Homo Faber

Gantenbein

3. Auflage

Von Dr. Edgar Neis

C. Bange Verlag - 8601 Hollfeld/Obfr.

INHALT

LITERATURNACHWEIS

Hans Bänziger, Frisch und Dürrenmatt, Bern 1967

Karlheinz Braun, Die epische Technik in Max Frischs Roman „Stiller" als Beitrag zur Formfrage des modernen Romans, 1959

Rolf Geisler, Max Frisch, Homo Faber in: Möglichkeiten des modernen deutschen Romans, Frankfurt a. M., 1962

Hans Geulen, Max Frischs „Homo Faber" – Studien und Interpretationen, Berlin 1965

Martha Glaser, Rolle und Wirklichkeit im Roman der Gegenwart, Der Deutschunterricht 1968/1

Joachim Kaiser, Max Frisch und der Roman, Frankfurter Hefte 1957, S. 876 ff.

Hellmuth Karasek, Max Frisch, Velber/Hannover, 1966

Hans Mayer, Mögliche Ansichten über Herrn Gantenbein, Die Zeit, 18. 9. 1964

Joachim Müller, Das Prosawerk Max Frischs – Dichtung unserer Zeit, Universitas 1966

Carol Petersen, Max Frisch, Berlin 1966

Marcel Reich-Ranicki, Der Romancier Max Frisch in: Deutsche Literatur in West und Ost, München 1963

Eduard Stäuble, Max Frisch, Amriswil 1960

Werner Weber, Max Frisch in: Tagebuch eines Lesers, Olten 1965

Monika Wintsch-Spiess, Zum Problem der Identität im Werk Max Frischs, 1965

MAX FRISCH: LEBEN UND WERK

Am 15. Mai 1911 wurde Max Frisch in Zürich geboren. Sein Vater war Architekt. 1924 besuchte Frisch das Realgymnasium in Zürich. Nach dem Abitur wandte er sich dem Studium der Germanistik an der Universität Zürich zu. – Schon als Schüler hatte Max Frisch ein Schauspiel geschrieben, ferner eine Ehekomödie sowie ein Spiel um die Eroberung des Mondes.

Nach dem Tode des Vaters 1933 mußte Frisch sein Studium abbrechen. Der Beruf des Journalisten lag nahe, weil er dem Jüngling Möglichkeiten erschloß, die Welt auf den verschiedensten Schauplätzen kennenzulernen. Frisch reiste von Prag über Ungarn, Serbien, Bosnien und Dalmatien bis ans Schwarze Meer und durch Griechenland. Ein Ergebnis dieser Reise war der Roman „Jürgen Reinhart".

Ende der dreißiger Jahre verbrannte Frisch fast alles bis dahin Geschriebene. Inzwischen nämlich schien das Leben den Dichter in eine ganz andere Richtung drängen zu wollen: in die des Architekten. Von 1936 bis 1940 studierte Frisch an der Technischen Hochschule in Zürich Architektur.

1937 erschien Frischs Roman „Antwort aus der Stille". Zwei Jahre später wurde Frisch zum Grenzschutz einberufen. Im folgenden Jahr veröffentlichte er das Tagebuch seiner Militärzeit „Blätter aus dem Brotsack".

1944 besitzt der Dichter ein eigenes Architekturbüro. Erst elf Jahre später gibt Frisch seinen Beruf ganz auf. In kurzen Abständen erschienen im Laufe der Zeit folgende Werke: Bin oder die Reise nach Peking – Nun singen sie wieder – Santa Cruz – Die Chinesische Mauer – Als der Krieg zu Ende war – Tagebuch 1946–1949 – Graf Oederland – Don Juan oder die Liebe zur Geometrie – Stiller – Homo Faber – Biedermann und die Brandstifter – Andorra – Mein Name sei Gantenbein.

Die bedeutendsten Werke Max Frischs lassen sich in drei Gruppen einteilen:

1. Gruppe: Tagebuchberichte

Blätter aus dem Brotsack: (Betrachtungen über die Begleiterscheinungen des Krieges.)

Tagebuch 1946–1949: (Zeitkritische Aufzeichnungen über die Reisen nach dem Kriege, verbunden mit Reflexionen über die eigene schriftstellerische Tätigkeit und das Theaterwesen.)

2. Gruppe: Romane

Stiller: (Im Mittelpunkt steht das Schicksal eines Bildhauers, der sich selbst entfliehen will, aber schließlich erkennen muß, daß dies nicht möglich ist.)

Homo Faber: (Geschichte eines Technikers, der sich allein auf die mathematische Berechenbarkeit der Welt verlassen will und keinerlei Mystik zu bedürfen glaubt, bis er dem Irrtum seines Rationalismus zum Opfer fällt, indem ihm die eigene Tochter zur Geliebten wird.)

Mein Name sei Gantenbein: (Das Eheproblem nimmt in diesem Roman eine dominierende Stellung ein. Die Ehe wird zum Modellfall zwischenmenschlicher Beziehung, an dem sich die Diskrepanz von faktischer und erlebter Wirklichkeit demonstrieren läßt.)

3. Gruppe: Dramen

Die Chinesische Mauer: (Eine Farce, verbunden mit einem Totentanz verschiedener historischer Gestalten, z. B.: Brutus, Pilatus, Philipp von Spanien und Napoleon, in der auf satirische Weise die Gefahren der Diktatur beleuchtet werden.)

Graf Oederland: (Ein Staatsanwalt will die Fragwürdigkeit der bürgerlichen Ordnung überwinden, indem er an ihre Stelle eine neue setzt, die aber gegen jene nur als Gewaltsystem verwirklicht werden kann und dadurch noch zweifelhafter wird als die erste.)

Biedermann und die Brandstifter: (Eine satirische Darstellung der weltpolitischen Lage: Der Fabrikant Biedermann verbindet sich mit den Brandstiftern, bis sie ihm sein Haus anzünden.)

Don Juan oder die Liebe zur Geometrie: (Komödie, in der Don Juan statt der Frauen die Geometrie liebt. Am Ende muß er aber doch in den Ehestand eintreten.)

Andorra: (Ein Stück, das am Beispiel der Vorurteile, der Feigheit und der Charakterlosigkeit der Einwohner des Staates Andorra das Rassenproblem diskutiert.)

Bei der Betrachtung des Lebens und der Werke des schweizerischen Schriftstellers darf man nicht seine Begegnung mit Brecht im Jahre 1947 vergessen, die von großer Bedeutung für das Schaffen des Dichters war.

Brecht ist der Schöpfer des „Epischen Theaters". Sein Anliegen war es, einen Denkprozeß einzuleiten. (Nachdenken über die Vermeidbarkeit bestimmter Erscheinungen.) Dazu diente das Mittel der Verfremdung (V-Effekt).

Der Verfremdungseffekt, den Brecht auf der Bühne und im Drama eingeführt hat, wird bei Frisch ins Innere einer Person verlegt. Neben dem Verfremdungseffekt ist das Identitätsmotiv ein wichtiges Merkmal der Werke des schweizerischen Schriftstellers.

Ebenfalls von großer Bedeutung für die Werke Frischs war der Aufenthalt des schweizerischen Schriftstellers in den Vereinigten Staaten im Jahre 1952. Von der amerikanischen Rockefeller-Stiftung erhielt Frisch ein Stipendium für einen einjährigen Studienaufenthalt, der seinem weiteren Schaffen neue Dimensionen erschloß.

Man kann also generell sagen, daß durch die vielen Reisen und durch die Kontakte mit Menschen anderer Herkunft und Tradition die Werke des schweizerischen Schriftstellers sehr welthaltig sind. – Er überschreitet immer wieder die heimatlichen Grenzen und gibt dennoch die „Schweizer Ausgangsstellung" niemals ganz auf.

Ferner darf man nicht vergessen, daß das Studium der Architektur seinem dichterischen Werk zugute gekommen ist. In all seinen Werken, besonders aber in den drei großen Romanen: „Stiller", „Homo Faber", „Mein Name sei Gantenbein", finden wir im Hinblick auf den Außenbau und die inneren Verstrebungen eine raumaufteilende Gesetzlichkeit vor.

MAX FRISCH ÜBER SICH SELBST

Im Jahr 1948 war Max Frisch in Paris. Hier hat er eine knappe Autobiographie entworfen, die er später seinem „Tagebuch" eingefügt hat. Sie ist ein Rückblick des Dichters auf sein eigenes Leben und soll zitiert werden, um zu zeigen, wie sich Max Frisch selbst sieht; sie ist trotz ihrer knappen, ganz sachlichen Sprache – oder vielleicht gerade deswegen? – sehr aufschlußreich: „Geboren bin ich 1911 in Zürich. Unser Name ist nicht schweizerischen Ursprungs. Ein Großvater, der als junger Sattler einwanderte, brachte ihn aus der österreichischen Nachbarschaft; in Zürich, wo es ihm anscheinend gefiel, heiratete er eine Hiesige, Naegeli mit Namen, Tochter einfacher Leute. Auch der mütterliche Stamm ist vermischt; dort war es ein Urgroßvater, der von Württemberg kam, namens Wildermuth, und schon mit seinem Sohn, meinem Großvater also, fing es an: Er nannte sich Maler, trug eine erhebliche Krawatte, weit kühner als seine Zeichnungen und Gemälde; der heiratete dann eine Baslerin namens Schulthess, die nie ganz hat vergessen können, daß ihre Familie einmal eine eigene Droschke besessen hat, und leitete die Kunstgewerbeschule unserer Stadt. Viel mehr über meine Herkunft weiß ich nicht. Meine Mutter, um einmal ins Weite zu kommen, arbeitete als Kinderfräulein im zaristischen Rußland, wovon sie uns öfter erzählt hat, und mein Vater war Architekt. Da er sich als Sattlersohn keine Fachschule hatte leisten können, war es natürlich sein Ehrgeiz, seine Söhne als Akademiker zu sehen. Im übrigen konnten wir wählen. Mein Bruder, älter als ich, wählte die Chemie, die schon seine ganze Jugend und unsere Küche mit stinkenden Zaubereien erfüllt hatte. Ein Buch auf dem Fenstersims, Retorten mit gelben Dämpfen, Bunsenbrenner, Röhren wie gläserne Gedärme, hin und wieder ein Knall, gewollt oder ungewollt, das waren so die Sonntagnachmittage, die regnerischen, wenn man unmöglich Fußball spielen konnte.

Ich weiß nicht, warum ich von allen Kameraden der einzige war, der nie einen Karl May las, eigentlich auch keine anderen Bücher, außer Don Quichote und Onkel Toms Hütte, die mir unsäglich gefielen, aber genügten. Was mich unersättlicher begeisterte, war Fußball und später Theater. Eine Aufführung der Räuber, eine vermutlich sehr schwache Aufführung, wirkte so, daß ich nicht begriff, wieso Menschen, Erwachsene, die genug Taschengeld haben und keine Schulaufgaben, nicht jeden Abend im Theater verbringen. Das war es doch, das Leben. Eine ziemliche Verwirrung verursachte das erste Stück, wo ich Leute in unseren alltäglichen Kleidern auf der Bühne sah; das hieß ja nicht mehr und nicht weniger, als daß man auch heutzutage Stücke schreiben könnte.

Zwei Monate später erhielt Max Reinhardt, Deutsches Theater Berlin, die schriftliche Ankündigung meines ersten Werkes, das den Titel trug: Stahl. Es spielte, nur so viel weiß ich noch, auf dem nächtlichen Dach eines Hochhauses, am Ende rauchte es aus allen Fenstern der Großstadt, ein gelblicher Rauch wie aus Retorten, und der Held, nobel wie er war, hatte keinen andern Ausweg als den Sprung in die Tiefe. Die Karte mit fremder Marke, wo höflich und knapp um Einsendung des genannten Werkes ersucht wurde, war das erste Schriftstück, das mich als Herr anredete. Ich war sechzehn. Leider hatte mein Vater, der das Ganze wie einen Lausbubenstreich behandelte, die Karte aus dem Briefkasten genommen, sie beim Mittagessen auf den Tisch gelegt, worauf ich das Zimmer verließ; vielleicht, daß wußte ich noch nicht, für immer.

Nach sieben langen Wochen, denen es nicht an verwegenen Hoffnungen fehlte, Friedrich Schiller war bei der Niederschrift seiner Räuber immerhin schon ein Achtzehnjähriger, kam das schöne Heft zurück, das ich auf einer gemieteten Maschine droben im Estrich getippt hatte; ein ausführlicher Bericht war dabei, den ich nicht begriff. Eine Einladung spätere Arbeiten einzusenden, blieb das einzige, was ich der schonungsvoll lächelnden Familie entgegenzuhalten hatte. In einem Warenhaus entdeckte ich gelegentlich die Gesammelten Werke von Henrik Ibsen, lauter Stücke, die den Preis schon wert waren, und bis zur Matur, die ich natürlich als überflüssig, förmlich, lächerlich und spießig erachtete und nur dem Vater zuliebe machen mußte, entstanden noch drei oder vier weitere Schauspiele, darunter eine Komödie der Ehe (ich hatte noch nie ein Mädchen geküßt), ferner eine Farce über die Eroberung des Mondes. Das einzige, was die Welt von alledem anerkannte, war die Matur. Der Gang an die Universität war unvermeidlich . . .

Ich erinnere mich an zwei sonderbare Jahre, die ich in den Hörsälen, fast ebenso angeregt in den Gängen verbrachte, immer erwartungsvoll, einsam, voreilig im Urteil, unsicher, meistens in eine heimliche Liebe verstrickt, wovon die Geliebte nichts wußte. Gedichte gelangen nie. Die reine Philosophie, mit wirklicher Inbrunst befragt, offenbarte mir nur den eignen Mangel an Denkkraft. Mein Hauptfach war Germanistik. Wirklicher, näher am lebendigen Geheimnis schienen mir andere Vorlesungen; Professor Cleric, der sich später das Leben genommen, zeigte uns die menschliche Existenz sozusagen im Brennspiegel ihrer verbrecherischen Verzerrung. Ebenso herrlich wie fremd, jenseits unsrer Wirrnis, stand der alte Wölfflin, eine Lanze aus Bambus in der Hand, seine Grundbegriffe entwickelnd; alles wie in Marmor gesprochen. Ich hörte auch unseren namhaften Theologen, irrte dahin und dorthin; sicher verdankt man auch der unbefriedigenden Zeit viel mehr, als der Unbefriedigte meint. Das zunehmende Gefühl aber, daß alles Gehörte ohne gemeinsame Mitte ist, das warenhaushafte Nebeneinander, das sich Universität nennt, all dies mochte durchaus wirkliches Gefühl sein, vielleicht sogar Erkenntnis; zugleich diente es aber auch als willkommene Ausrede für das eigene wissenschaftliche Unvermögen. Als ich zweiundzwanzig war, starb unser Vater. Ich mußte nun sehen, wovon ich mein Leben fristete. Als Journalist beschrieb ich, was man mir zuwies: Umzüge, Vorträge über Buddha, Feuerwerke, Kabarett siebenten Ranges, Feuersbrünste, Wettschwimmen, Frühling im Zoo; nur Kremationen habe ich abgelehnt. All das war keine unnütze Schule. In Prag fanden Weltmeisterschaften im Eishockey statt, ich meldete mich als Reporter, startete, nachdem ich meinen ersten Koffer erstanden, mit einer Barschaft von hundert Franken. Die Reise, die erste ins Ausland, führte weiter mit jedem Artikel, der zu Hause oder in Deutschland gedruckt wurde, über Ungarn und kreuz und quer durch Serbien, Bosnien, Dalmatien, wo ich, bald mit deutschen Auswanderern befreundet, einen ganzen Sommer verbrachte, tagelang an der Küste umhersegelte, ledig jeder Pflicht, frei, bereit für jede Gegenwart; das ist denn auch meine eigentliche Erinnerung an Jugend. Später ging es ans Schwarze Meer, wovon meine Mutter so oft erzählt hatte, nach Konstantinopel, wo ich die Moscheen und den Hunger kennenlernte, endlich auf die Akropolis und als Fußwanderer durch das mittlere Griechenland, wo ich auf dem Feld übernachtete, einmal auch in einem Tempelchen. Das war, obschon verdüstert durch den jähen Tod einer jungen Frau, eine volle und glückliche Zeit. Das Ergebnis war ein erster, allzu jugendlicher Roman. Zu Hause brauchte ich noch zwei Jahre, um einzusehen, was es mit dem literarischen Journalismus auf sich hat, wohin es führt, wenn man auch zu Zeiten, wo man nichts zu sagen hat, ins Öffentliche schreibt, um leben zu können. Mit fünfundzwanzig Jahren muß ich nochmals auf die Schulbank zurück. Eine Freundin, als wir heiraten wollten, war der Meinung, daß ich vorerst etwas werden müßte. Sie sagte nur, was ich selber dachte; immerhin war es ein Schock, zum erstenmal die ernsthafte Vorstellung, daß das Leben mißlingen kann. In jener Zeit las ich den Grünen Heinrich; das Buch, das mich seitenweise bestürzte wie eine Hellseherei, war natürlich der beste Vater, den man nur haben kann, und zum Entschluß, der allein wenig vermocht hätte, gesellte sich das Glück, ein Freund, der für den Lebensunterhalt von vier Jahren aufzukommen sich erbot, so daß ich noch einmal studieren konnte. Diesmal an der Eidgenössischen Technischen Hochschule. Im Anfang äußerst entzückt, daß man sich an einem Werktagmorgen hinsetzen konnte, unbekümmert um das monatliche Einkommen für Mutter und Sohn, und statt dessen höhere Mathematik treiben durfte, hatte ich später doch manche stille Not, ein Gefühl, meine Jugend verbummelt zu haben, Angst, daß ich niemals an ein Ziel gelangen werde. In kurzer Folge scheiterten auch alle menschlichen Verbindungen. Ob der Beruf eines Architekten, sofern ich dazu taugte, diese Beziehung zur Welt herzustellen vermochte, ließ sich nicht entscheiden, solange alles nur Papier blieb; was mich insbesondere zu diesem Beruf bewogen hatte, war ja das andere, das Unpapierne, Greifbare, Handwerkliche, die stoffliche Gestalt, und erst das wirkliche Bauen, vor allem die Verwirklichung eigner Entwürfe, konnte zeigen, ob nicht auch dieser zweite Anlauf verfehlt war. Einmal wurde alles Geschriebene zusammengeschnürt, inbegriffen die Tagebücher, und alles dem Feuer übergeben. Ich mußte zweimal in den Wald hinaufgehen, so viele Bündel gab es, und es war, ich erinnere mich, ein regnerischer Tag, wo das Feuer immer wieder in der Nässe erstickte, ich brauchte eine ganze Schachtel voll Streichhölzer, bis ich mit dem Gefühl der Erleichterung, auch der Leere, weitergehen konnte. Das heimliche Gelübde, nicht mehr zu schreiben, wurde zwei Jahre lang nicht ernstlich verletzt; erst am Tag der Mobilmachung, da ich als Kanonier einrückte, überzeugt, daß uns der Krieg nicht erspart bliebe und daß wir kaum zurückkehren würden, wurde nochmals ein Tagebuch begonnen. Die Erinnerung an einen Hauptmann, der mich nicht ausstehen konnte, was sein gutes Recht ist, und der mir am dritten September ins Gesicht sagte, er werde mich schon auf einen geeigneten Posten schicken, wenn es losginge, möchte ich nicht unter den vaterländischen Tisch fallen lassen; erst nach Jahren habe ich begriffen, daß ich diesem Offizier ein entscheidendes Erlebnis verdankte. Die Gelegenheit, über Leben und Tod zu verfügen, bekam er allerdings nicht; die Grenze blieb ruhig. Das begonnene, durch Urlaub abgebrochene Tagebuch ist später erschienen: „Blätter aus dem Brotsack", 1940. Nachdem Frankreich gefallen war, was uns fortan in die Lage von Gefangenen versetzte, erhielt ich einen persönlichen Urlaub, um das Diplom als Architekt zu machen, so daß ich fortan, sofern wir keinen Dienst hatten, als Angestellter meinen Unterhalt verdienen konnte. Im ganzen leistete ich in jenen Jahren etwas über fünfhundert Diensttage, meistens im Tessin, später im Engadin. Eine junge Architektin, die mir am Reißbrett half und das Mittagessen richtete, wurde meine Frau; wir heirateten, nachdem wir zusammen ein erstes Haus erbaut hatten. Das nächste war ein Roman: „J'adore ce qui me brûle oder Die Schwierigen", 1943. Unter den wenigen Zuschriften, die das Echo darstellten, fanden sich ein paar Zeilen vom Dramaturgen des Züricher Schauspielhauses, Kurt Hirschfeld, der mich ermunterte, es einmal mit einem Theaterstück zu versuchen. Überhaupt begann eine Zeit langsamer Zuversicht. Auch wenn es nicht sicher war, daß wir verschont blieben, war der Krieg im ganzen doch entschieden; der gründlich vorbereitete Überfall auf die Schweiz, der uns all diese Jahre hindurch über dem Kopf hing, war noch einmal, wie die Akten inzwischen bestätigt haben, eine beschlossene Sache, April 1943, also nach Stalingrad, wo ein Sieglein wenigstens den deutschen Zeitungsleser etwas zerstreut hätte. Zehn Tage vor dem Stichtag, der durch Spionage bekannt war, wurde die Sache abgeblasen. Damit waren wir über den Berg. Kurz darauf kam unser erstes Kind. Glück in einem architektonischen Wettbewerb, der einen großen, ungewöhnlich reizvollen Auftrag der Stadt Zürich einbrachte, ermöglichte nun auch das eigene Büro, damit eine freiere Einteilung der Arbeitszeit. Nach einer Träumerei in Prosa: „Bin oder Die Reise nach Peking", 1944, entstand als erstes Bühnenstück: „Santa Cruz", eine Romanze, die zwei herbstliche Monate hindurch viel Freude machte. Ein halbes Jahr später, ebenfalls in wenigen Wochen verfaßt, folgte der Versuch eines Requiems: „Nun singen sie wieder", das als erstes Stück auf die Bühne gelangte, Ostern 1945, als der Krieg zu Ende ging und der Friede hätte beginnen sollen. Die Zeit der Proben, die Kurt Horwitz mit sachlicher Hingabe leitete, war vielleicht die holdeste, die das Theater überhaupt zu vergeben hat, die erste Begegnung mit dem eignen, von leiblichen Gestalten gesprochenen Wort. Endlich die letzten Wochen des Krieges, die ich als Wachtposten an der österreichischen, teils an der italienischen Grenze verbrachte. Nach einer ersten Reise in das zerstörte Deutschland entstand ein drittes Bühnenstück: „Die Chinesische Mauer", eine bereits ziemlich verzweifelte Farce, die gleichfalls im Zürcher Schauspielhaus zur ersten Aufführung gelangte, Herbst 1946. Es folgen, soweit die berufliche Verpflichtung es erlaubt, weitere Reisen in alle nachbarlichen Länder; das Verlangen, Zeitgenossen andrer Länder kennenzulernen, ist nach unsrer fünfjährigen Gefangenschaft besonders groß, und in einer Welt, die auf Vorurteile verhext ist, scheint mir das eigene persönliche Anschauen äußerst wichtig. Der erste Teil eines Tagebuches, das diesem persönlichen Anschauen gewidmet sein soll, erschien unter dem Titel: „Tagebuch mit Marion", 1947. Unterdessen war es endlich so weit, daß wir mit unserem Bau beginnen konnten. Die Ausübung eines doppelten Berufes, Schriftsteller und Architekt, ist natürlich nicht immer leicht, so manche segensreiche Wirkungen er haben mag. Es ist eine Frage nicht so sehr der Zeit, aber der Kraft. Segensreich empfinde ich das tägliche Arbeiten mit Männern, die nichts mit Literatur zu schaffen haben; hin und wieder wissen sie, daß ich „dichte", aber nehmen es nicht übel, sofern die andere Arbeit in Ordnung ist.

Stiller

GANG DER HANDLUNG IN MAX FRISCHS ROMAN „STILLER“

Erstes Heft

Der Erzähler, im Untersuchungsgefängnis sitzend, hat den Auftrag erhalten, sein Leben niederzuschreiben, um zu beweisen, daß er eins hat, ein anderes als das Leben des verschollenen Herrn Stiller.

Die Verhaftung des Erzählers erfolgte, nachdem er einen schweizerischen Zöllner geohrfeigt hatte, der seinen amerikanischen Paß, womit er unangefochten um die halbe Welt gereist war, beanstandet hatte. Ein Reisender, der mit dem Erzähler im gleichen Zugabteil gesessen hatte, identifiziert ihn als Herrn Anatol Stiller, wogegen der Erzähler energisch protestiert. Er sei, sagt er, Amerikaner deutscher Abstammung, komme soeben aus Mexiko und heiße Mr. White. Man unterwirft den Erzähler einem Verhör:

„Sie haben eine Gattin, die in Paris lebt. Stimmt's?“

„Ich? Eine Gattin?“

„Julika mit Namen.“

„Ich komme nicht von Paris“, erklärte ich, „ich komme von Mexiko, Herr Kommissär.“

Ich gab ihm an: Name des Schiffes, Dauer der Überfahrt, Stunde meiner Ankunft in Le Havre, Stunde meiner Abfahrt von Vera Cruz.

„Das ist ja möglich“, sagte er, „aber Ihre Gattin lebt in Paris. Eine Tänzerin, wenn ich richtig verstanden habe. Sie soll ja eine bildschöne Frau sein.“

Ich schwieg.

„Julika ist ihr Künstlername“, unterrichtete mich der Kommissär. „Früher war sie lungenkrank, heißt es, und lebte in Davos. Aber jetzt leitet sie eine Ballettschule in Paris. Stimmt's? Seit sechs Jahren."

Ich blickte ihn nur an.

„Seit Sie verschollen sind. – Sie selbst sind also ein Bildhauer."

Ich lachte.

„Stimmt's?" fragte er, ohne eine Antwort zu dulden; sofort ging er eine Frage weiter: „Warum reisen Sie unter einem falschen Namen?"

Er glaubte auch meinem Schwur nicht.

„Es tut mir leid", sagte er und kramte dabei in einer Schublade, zog ein blaues Formular heraus: „– es tut mir leid, Herr Stiller, aber wenn Sie sich weiterhin weigern, Ihren richtigen Paß zu zeigen, muß ich Sie an die Kriminalpolizei überweisen. Darüber müssen Sie sich klar sein." Dazu streifte er die Asche von seinem Stumpen.

„Ich bin nicht Stiller!" wiederholte ich. „. . . ich heiße nicht Stiller, zum Teufel nochmal!"

„Ich schrie es und schlug mit der Faust auf den Tisch . . ."

Alle Beteuerungen des Erzählers, nicht der verschollene Stiller zu sein, sind vergeblich. Er wird verhaftet. Man sperrt ihn in eine Zelle und bestellt ihm einen Verteidiger, der ihn als Anatol Stiller verteidigen soll. „Herr Doktor", unterbrach ich heute, „ich komme gerade aus Mexiko –." „Das behaupten Sie, ich weiß."

„– ich komme gerade aus Mexiko", wiederholte ich, „und Sie können mir glauben, die berühmten Menschenopfer der Azteken, die menschliche Herzen aus dem lebendigen Leibe schnitten, um sie den Götzen zu opfern, sind ein Kinderspiel, verglichen mit der Behandlung an der schweizerischen Grenze, wenn ein Mensch ohne Papiere kommt – oder mit falschen Papieren – ein Kinderspiel!"

Er lächelte nur.

„Sie geben also zu, Herr Stiller, daß es mit Ihren amerikanischen Papieren nicht stimmt?"

„Ich heiße nicht Stiller!"

„Man hat mich informiert", sagte er, „daß Sie voraussichtlich – voraussichtlich! – niemand anders als Anatol Ludwig Stiller sind, geboren in Zürich, Bildhauer, verheiratet mit Frau Julika Stiller-Tschudy, seit sechs Jahren verschollen, zuletzt wohnhaft Steingartengasse 11, Zürich. Ich habe das Amt übernommen –"

„Herrn Anatol Stiller zu verteidigen."

„Ja."

„Mein Name ist White."

Aber ich kann es ihm nicht klarmachen, und wenn ich es hundertmal sage. Unser Gespräch verläuft wie eine Grammophonplatte, wenn die Nadel an einer bestimmten Stelle immer wieder in die gleiche Rille rutscht.

„Wieso", fragt er, „wieso sind Sie nicht Stiller?"

„Weil ich's nicht bin."

Der Gefängniswärter Knobel scheint der einzige zu sein, der dem Erzähler Glauben schenkt. Inzwischen hat man die in Paris lebende Gattin des verschollenen Stiller, Frau Julika Stiller-Tschudy, von der Festnahme ihres Mannes verständigt. Sie hat Fotos angefordert, um sich eine unnötige Reise in die Schweiz zu ersparen.

Der Erzähler erhält den Besuch seines Staatsanwalts, der ihn, falls er Stiller ist, von seiner, des Staatsanwalts Frau grüßt. Er bekommt ferner einen Brief von Stillers Bruder und beginnt langsam, sich über die Hartnäckigkeit seiner Mitmenschen, die ihn mit Stiller identifizieren wollen, zu amüsieren. Dabei erfährt er, daß gegen Anatol Ludwig Stiller irgendein Verdacht besteht, der ihm nicht genannt werden kann, solange es nicht erwiesen ist, wer er ist. „Spionage? Ich weiß nicht, was mein Vermuten gerade in diese Richtung drängt, und im übrigen kann es mir ja gleichgültig sein; ich bin nicht Stiller."

Man hat Stillers Gattin, Frau Julika Stiller-Tschudy, aus Paris kommen lassen und konfrontiert sie mit dem Erzähler. Sie glaubt in ihm ihren verschollenen Mann zu erkennen; aber auch ihr gegenüber behauptet der Erzähler, nicht dieser zu sein, vielmehr ein Mörder namens White, der seine Frau ermordet hat (auch wenn die schweizerische Polizei dies nicht herauszufinden imstande ist).

„Man verstummt einfach. Man ist ohnmächtig. Man könnte diese Dame packen und erwürgen, und sie würde nicht aufhören zu glauben, daß ich ihr verschollener Gatte bin."

„Warum hast du nie geschrieben?"

Ich schweige.

„Ich wußte nicht einmal, ob du noch lebst –"

Ich schweige.

„Wo bist du nur all die Jahre gewesen?"

Ich schweige.

„Du schweigst –"

Ich schweige.

„Einfach zu verschwinden!" sagt sie, „einfach nichts mehr von sich hören zu lassen! Und das gerade in jener Zeit! Ich hätte sterben können –."

Dann schreit der Erzähler sie an:

„Jetzt aber Schluß! Mein Name ist White!"

Er packt die Dame, schüttelt sie, schleudert sie auf die harte Pritsche, wo sie, völlig durcheinandergebracht und zerzaust, liegenbleibt, außerstande, sich aufzurichten, den Erzähler aber nichtsdestoweniger durch ihre natürliche Schönheit besticht.

Inzwischen ist der Leser auf Grund einiger Tagebuchaufzeichnungen des Erzählers langsam zu der Einsicht gekommen, in diesem doch den verschollenen Stiller vor sich zu haben. Solche verräterischen Tagebuchaufzeichnungen, die den Wunsch Stillers, sein bisheriges Leben abzustreifen, offenbaren, sind beispielsweise folgende:

„Ich bin nicht i h r Stiller. Was wollen sie von mir! Ich bin ein unglücklicher, nichtiger, unwesentlicher Mensch, der kein Leben hinter sich hat, überhaupt keines. Wozu mein Geflunker? Nur damit sie mir meine Leere lassen, meine Nichtigkeit, meine Wirklichkeit, denn es gibt keine Flucht, und was sie mir anbieten, ist Flucht, nicht Freiheit, Flucht in eine Rolle. Warum lassen sie nicht ab?"

Oder:

„Es gibt keine Flucht. Ich weiß es und sage es mir täglich. Es gibt keine Flucht. Ich bin geflohen, um nicht zu morden, und habe erfahren, daß gerade mein Versuch, zu fliehen, der Mord ist. Es gibt nur noch eins: dieses Wissen auf mich zu nehmen, auch wenn dieses Wissen, daß ich ein Leben gemordet habe, niemand mit mir teilt."

Inzwischen gehen die Verhöre weiter. Lokaltermine werden veranstaltet, es wird der Plan gefaßt, Stiller (denn er ist es) ins Atelier des Verschollenen zu führen, eine Fahrt nach Davos soll stattfinden, alte Fotoalben werden herangeholt und Stiller vorgelegt. Er bleibt dabei:

„Ich bin nicht Stiller", brülle ich.

„Wer denn", brüllt mein Verteidiger, „wer denn?"

Einige Tage später erzählt Stiller ihm das Märchen von Rip van Winkle, das, wie Frisch bestätigt hat, die Anregung zu dem Roman gab.

Julika hat eine Kaution gestellt, die Stiller ein gewisses Maß von Bewegungsfreiheit verschafft. Er darf mit ihr durch Zürich bummeln; er duzt sie nun auch (so wie sie ihn); „nicht der Kaution wegen, sondern aus holdem Bedürfnis, unwillkürlich". Ja, er bekennt ihr sogar, daß er sie liebt, spürt aber, daß sie nicht ihn hört, sondern nur den verschollenen Stiller und verstummt wieder.

Zweites Heft

Im zweiten Heft seiner Aufzeichnungen schildert Stiller-White seine erste Bekanntschaft mit der schönen Tänzerin Julika, ihr Verhalten als Tänzerin und Frau und den Beginn seiner Ehe mit ihr. Diese Ehe basierte auf der Angst vor der eigenen Unvollkommenheit. Julika, seelisch und körperlich frigide und überzeugt, „einem wirklichen und freien Mann nicht genügen zu können", bezieht ihre Macht über Stiller aus dessen ähnlichem Gefühl, seelisch und körperlich ein „Versager" zu sein. Dieses Gefühl hatte bei Stiller seinen Grund in seinem Tajo-Erlebnis: Er war als Freiwilliger bei der Internationalen Brigade im Spanischen Bürgerkrieg zur Bewachung einer Tajo-Fähre kommandiert gewesen und hatte bei einer bestimmten militärischen Gelegenheit seine absolute Unfähigkeit zum Einsatz und zum Schießen erlebt. Dieses Wissen um sein Versagen in einem kritischen Augenblick lähmte ihn und verfolgte ihn bis in seine Träume hinein.

Im zweiten Heft hören wir von der Feststellung des Theaterarztes, daß Julika eine Tuberkulose habe, die einen Aufenthalt in der Höhe notwendig mache. Stillers Verhältnis zu ihr beginnt zu erkalten, er nimmt weder ihre Künstlerschaft noch ihre Tuberkulose ernst, bis sie ihm eröffnet, daß sie auf ärztlichen Rat in ein Sanatorium nach Davos gehen müsse, „sobald wie möglich". Stiller zeigt sich uninteressiert an ihrer Not, er hat sich bereits in ein Verhältnis zu einer anderen Frau eingelassen, zu Sibylle, der Frau seines jetzigen Staatsanwalts. Julika, die diesem Verhältnis schon auf die Spur gekommen war, versucht es nicht zu unterbinden, flüchtet sich aber um so mehr in Einsamkeit und Duldung.

„Julika wußte also, trotz seines Schweigens, um Stillers sommerliches Verhältnis mit einer anderen. Verhältnis ist nicht gerade ein holdes Wort, mag sein, doch wieso sollte Julika romantische Umschreibungen suchen? Was konnte sie, die Kranke, in ihrer gläsernen Veranda in Davos, dagegen tun? Überhaupt nichts.

Nichts als dulden, dulden, dulden . . .

Jetzt erst recht, so dachte die arme Julika zuweilen, gab es für sie nur die Kunst . . ."

Aber Stillers Jahr, das er mit der lebensvollen, unkonventionellen

Sibylle verlebt, bleibt beschattet von der Vergangenheit, von der Unmöglichkeit, vor Julika zu fliehen. Als er glaubt, sich endlich von ihr lossagen zu können, muß er auch erfahren, daß auch für seine und Sibylles Liebe das Ende gekommen ist.

Eines Tages ist er verschwunden, nachdem er in Davos flüchtigen Abschied von Julika genommen hat.

„Man wartete weit in den Januar hinein, bevor jemand, den das immer verschlossene Atelier nachgerade beunruhigte, die Polizei benachrichtigte, die mit einer ergebnislosen Durchsuchung aller Schubladen begann und heute noch, sechs oder bald sieben Jahre später, nicht mehr weiß als damals."

Drittes Heft

Fahrt in ein eidgenössisches Zeughaus: Dort muß Stiller die soldatische Ausrüstung des Verschollenen besichtigen. Beim Empfang der Ausrüstungsgegenstände ergeben sich neue Schwierigkeiten, als Stiller unterschreiben soll, aber mit dem Namen James Larkins White, New Mexiko, USA, unterschreibt. Als Stiller wieder im Gefängnis ist, folgen Unterhaltungen mit dem Gefängniswärter Knobel, dem Stiller erfundene Geschichten aus Texas erzählt.

Am zweiten Kautions-Nachmittag machen Stiller und Julika eine Segelbootpartie und baden zusammen. Bald darauf stellt es sich heraus, daß der amerikanische Paß, mit dem Stiller-White um die halbe Welt gereist ist, eine Fälschung ist. Der Staatsanwalt fragt Stiller nach New York aus und verweist ständig auf seine Frau Sibylle, die New York sehr liebt. Stiller verbringt weitere Kautions-Nachmittage mit Julika, nach deren ständiger Anwesenheit er sich mehr und mehr zu sehnen beginnt. Der auf dem verschollenen Stiller ruhende Verdacht scheint mit der Smyrnow-Affäre zusammenzuhängen, der Affäre eines sowjetischen Agenten, der die Ermordung eines Exkommunisten vorzubereiten hatte, der damals in der Schweiz weilte, und der in Verbindung mit einem Schweizer stand und mit diesem zu einem Zeitpunkt verhandelte, an dem Stiller auf mysteriöse Weise verschwand. Mit seinem Verteidiger unterhält sich Stiller über die Schweiz, deren Selbstgefälligkeit ihm auf die Nerven geht. Stiller haßt die Schweiz, weil sie sich auf ein selbstfabriziertes Klischee festlegt, das nicht der Wirklichkeit entspricht. Er haßt ihren Provinzialismus und Moralismus und vermißt an den Schweizern das Europäertum, Weltweite und Aufgeschlossenheit. Besser als mit seinem Verteidiger unterhält er sich aber mit seinem Staatsanwalt, der ihm immer wieder Fotos von seiner Frau Sibylle zeigt, die Stiller jedesmal grüßen läßt. Sibylle erwartet ein Kind.

Viertes Heft

Das vierte Heft berichtet von der Ehe zwischen dem Staatsanwalt und Sibylle.

„Rolf (der Staatsanwalt) hatte nie damit gerechnet, daß seine Ehe, seine eigene, in die Brüche gehen könnte wie so viele andere Ehen ringsum. Er sah keinen Grund dafür. Er liebte Sibylle und lebte damals durchaus in der Meinung, das Eheproblem sozusagen auf seine eigene Art gelöst zu haben. Eine Ehe im klassischen Stil, Monogamie, war es wohl schon lange nicht mehr. Aber das war nun einmal so, und Sibylle hatte dafür das Kind, das ihr in den ersten Jahren vieles ersetzte, einen Buben namens Hannes . . ." Rolf nimmt mancherlei hin: Sibylles Liebelei mit einem Maskenball-Pierrot und ihr Verhältnis zu dem jungen Architekten Sturzenegger, durch den sie von dessen Freund Stiller hört und dem sie – als er einen Auftrag in Kalifornien erhalten hat – nach Amerika nachfolgt.

„Rolf wurde nun überhaupt nicht mehr klug, als Sibylle ihm meldete, der junge Sturzenegger hätte ihr geschrieben, daß er dringend eine Sekretärin brauchte, und sie hätte sich entschlossen, mit Hannes nach diesem Redwood-City zu fahren, Kalifornien." Noch einmal sagte Rolf: „Wie du willst!" Er glaubte es nicht. Das war doch alles nur eine kindische Farce!

Wollte sie die Scheidung? Plötzlich sagte er gegen seinen Willen: „Ein Herr Stiller hat angerufen, offenbar dein Liebhaber." Bei diesem Wort zuckte sie zusammen. „Ich nehme an, ihr habt euch in Paris dann doch getroffen, der Anruf kam am Mittwoch." (Zweifellos war das nervöse Wesen, was da aus dem Telefon tönte, niemand anders als der Maskenball-Pierrot.) „Ich gehe schon!", sagte sie.

„Wohin?", fragte er. Sie quetschte ihre halbe Zigarette in seinen Aschenbecher, nahm ihre Handtasche, ein Tüchlein und Puder, um ihr Gesicht in Ordnung zu bringen, und sagte mit der unverschämtesten Leichtigkeit: „Nach Pontresina."

„Und sie ging tatsächlich nach Pontresina.

Anfang Dezember, als sie sonnengebräunt zurückkehrte, schlug er die Scheidung vor. Sie überließ es ihm, die nötigen Schritte zu unternehmen . . .

Wenige Tage vor Weihnachten fuhr Sibylle mit Hannes, der damals noch nicht zur Schule ging, tatsächlich nach Le Havre, um sich für Amerika einzuschiffen."

Fünftes Heft

Neue Konfrontationen sollen erweisen, daß Mr. White in Wirklichkeit der verschollene Stiller ist.

Von besonderer Bedeutung ist die Konfrontation mit Sturzenegger. Sie verläuft zunächst folgendermaßen:

„Herr Sturzenegger war hier. Ich hatte geschlafen, und als ich einigermaßen erwachte, saß er bereits auf meiner Pritsche; er hatte auch schon mit beiden Händen meine rechte Hand ergriffen."

„Mein Lieber", fragt er, „wie geht's dir?"

Langsam richte ich mich auf.

„Danke", sage ich, „wer sind Sie?"

Er lacht.

Ich reibe mir die Augen.

„Willi!" nennt er sich und wartet auf einen Ausbruch meiner Herzlichkeit; ich kann es ihm indessen nicht ersparen, sich ordentlich vorzustellen; mit einem Unterton von Mißmut fügt er hinzu: „– Willi Sturzenegger –"

„Ah", sage ich, „ich erinnere mich."

„Endlich!"

„Mein Staatsanwalt hat von Ihnen erzählt."

Das also ist Sturzenegger, Freund von Stiller, ehedem junger Architekt, der von konsequenter Modernität schwärmte, heute ein Mann von Karriere, ein Mann der fidelen Resignation, ein Mann, der mit beiden Beinen auf der Erde steht, und als Arrivierter natürlich von betonter Kameradschaftlichkeit. „Und du?", fragt er sofort, „was machst denn du, mein Guter, daß sie dich in dieses subventionierte Appartement stecken?"

Er nimmt, wie erwartet, alles sehr fidel, auch meine Bitte, er möge mich nicht für den verschollenen Stiller halten. „Im Ernst", sagt er, „wenn ich dir irgendwie helfen kann –."

Daraufhin spielen sich beide eine volle Stunde lang die Rollen Sturzeneggers und Stillers vor. Max Frisch, meint Hans Mayer, wird nicht müde, den Reproduktionscharakter und die völlige Verdinglichung menschlicher Beziehungen in der von ihm dargestellten Welt zu demonstrieren. Diesmal sei der Mechanismus allerdings dadurch ein bißchen gestört, daß Stiller, weil er es nicht sein will, nicht so richtig mitspielt. Deshalb muß Sturzeneggers seelischer Alleingang komisch wirken. Stiller notiert: „Sein Zuspruch, ich soll doch den Mut nicht verlieren, überhaupt seine ganze Freundschaft ist eine Summe von Reflexen auf eine abwesende Person, die mich nicht interessiert."

Stiller besucht Sibylle in der Klinik, in der sie entbunden hat. Sie stellt ihm Fragen wie: „Stiller, was machst denn du für Geschichten!" Oder: „Du bist sehr schweigsam geworden. – Wie geht es Julika?" Oder: „Warum bist du wieder zurückgekehrt?"

Stiller meldet Zahnschmerzen und soll zum Zahnarzt von Herrn Stiller gebracht werden. Sein Name ist anhand einer unbezahlten Rechnung ermittelt worden. Zum Glück stellt sich heraus, daß dieser Zahnarzt verstorben ist und sein Nachfolger kann nicht behaupten, er erkenne Stiller (vor allem an seinem Gebiß) wieder.

Sechstes Heft

Rückblende: Das sechste Heft schildert Sibylles Besuch im Atelier des verschollenen Stiller und den Beginn ihres in diesem bohemehaften Atelier anhebenden Verhältnisses. Sibylle genießt das Liebesglück mit Stiller, aber dieses Liebesglück ist überschattet von dem Bewußtsein der beiderseitigen Ehebrecherei und der Tatsache der Obdachlosigkeit. „Eine obdachlose Liebe, man kennt das, eine Liebe ohne Wohnung im Alltag, eine Liebe, die auf Stunden der Verzückung angewiesen ist, man weiß ja, früher oder später ist es eine verzweifelte Sache, Umarmungen im hohen Korn oder im nächtlichen Wald, eine Zeitlang ist es romantisch, aufregend, dann lächerlich, eine Erniedrigung, eine Unmöglichkeit, die auch mit allem Aufwand gemeinsamen Humors nicht mehr zu retten ist, denn schließlich waren sie ja keine Gymnasiasten mehr, sondern zwei erwachsene Leute, ein Mann und eine Frau, beide schon einmal verheiratet . . .

Sibylle verstand seine Hemmungen, sie in seinem Atelier zu empfangen, wo ihn alles an seine kranke Julika erinnerte. Sie bedauerte es, aber sie verstand es. Was hätte Sibylle darum gegeben, eine gesunde Nebenbuhlerin zu haben, eine gleichwertige Frau, der man die Freundschaft oder den offenen Kampf antragen könnte, ja selbst eine Furie der Eifersucht, die überall in der Gesellschaft ihre moralischen Minen legt, oder eine Wirre mit lächerlichen Gasherd-Drohungen, eine wackere Närrin, die schnurstracks zum Gegen-Ehebruch schreitet, alles wäre Sibylle lieber gewesen als eine Kranke, die sich ins Sanatorium nach Davos entzog und die Gesunden jedenfalls ins Unrecht setzte, eine Frau, die Sibylle nie von Angesicht zu Angesicht gesehen hatte, ein Gespenst! Aber so war es nun einmal, und sein Atelier kam also nicht in Frage. Was blieb ihnen, um sich zu treffen, anderes als Gottes freie Natur und ein paar Wirtschaften? Eine Regenwoche war für ihre Liebe katastrophal; die Wirtschaften fingen an. sich zu wiederholen; die Wege rings um die Stadt fingen an, nirgendwohin zu führen; ihre Gespräche fingen an, melancholisch zu werden, mit einem Wort: so ging es nicht weiter . . .

Dabei liebten sie einander wirklich."

Stiller fährt nun nach Davos, um Julika zu unterrichten und sich endgültig von ihr zu trennen, kehrt aber unverrichteterdinge zurück, als läge seine Balletteuse im Sterben. Eine gemeinsame Reise mit Sibylle nach Paris kam nun in diesem Zeitpunkt nicht in Frage. „Stumm saßen Stiller und Sibylle an einem Waldrand auf der Erde, zwei Ehebrecher in zärtlicher Verflechtung der Hände, jedes mit einem Halm zwischen den sorgenvoll-verbissenen Lippen, und das einzige in dieser Welt, was nicht kompliziert wäre, schien ihnen die Ehe zu sein, nicht die Ehe von Rolf und nicht die Ehe mit Julika, aber die Ehe zwischen ihnen." Sibylles Ehe mit Rolf scheint zu zerbrechen, Sibylle flüchtet nach Pontresina, wohin Stiller ihr nachfolgt. Aber auch sein Verhältnis zu Sibylle ändert sich, beide sind nicht fähig, Bindungen einzugehen, die standhalten können, eine Entfremdung tritt ein, der Schatten Julikas steht zwischen ihnen; Stiller fährt nach Davos, trennt sich von Julika; nun aber ist Sibylle deswegen bestürzt, findet sein Verhalten „unmenschlich" und „grausam". „Nun plötzlich, zum erstenmal, war Julika nicht ein fernes Gespenst, sondern eine wirkliche Frau, eine kranke, unglückliche, verlassene Frau, eine Schwester." „Stiller", sagte Sibylle, „das hättest du nicht tun sollen . . . Dazu haben wir kein Recht, das ist doch Mord . . ."

Nach einigen Tagen verabschiedeten sie sich auf dem Bahnhof von Pontresina; beide, Stiller am offenen Fenster, Sibylle auf dem Bahnsteig, hoben ein wenig ihre Hand zum Gruß. Seitdem hat Sibylle den verschollenen Stiller nicht mehr gesehen. Sie reist nach Amerika, lebt in New York und verdient sich dort ihren Lebensunterhalt als Korrespondentin und Übersetzerin. Eines Tages sucht Rolf sie dort auf: „Ich bin gekommen", sagt er, „um dich zu fragen – Ich meine: entweder scheiden wir uns oder wir leben zusammen. Aber endgültig." Sibylle zeigt Rolf New York, die faszinierende Lichterstadt, und beide finden langsam wieder zueinander: „Sie merkten, daß ein Atlantik zwischen ihnen eigentlich nicht nötig war."

Siebentes Heft

Stiller beim Zahnarzt. Seine Zähne werden mit einem alten Röntgen-Status des verschollenen Stiller verglichen, doch ergeben sich beträchtliche Unterschiede. Im Gefängniswagen zurück ins Gefängnis. Dort hat Stiller wieder ein Gespräch mit seinem Staatsanwalt: „Ich sehe Stiller nicht als Sonderfall", sagt dieser, „ich sehe einige meiner Bekannten und mich selbst darin, wenn auch mit anderen Beispielen von Selbstüberforderung . . . Viele erkennen sich selbst, nur wenige kommen dazu, sich selbst auch anzunehmen . . . In der Forderung, man solle seinen Nächsten lieben wie sich selbst, ist es als Selbstverständlichkeit enthalten, daß einer sich selbst liebe, sich selbst annimmt, so wie er erschaffen worden ist."

Diese Bemerkung des Staatsanwalts veranlaßt Stiller zu folgender wichtiger Tagebucheintragung:

„Mit der Einsicht, ein nichtiger und unwesentlicher Mensch zu sein, hoffe ich halt immer schon, daß ich eben durch diese Einsicht kein nichtiger Mensch mehr sei. Im Grunde, ehrlich genommen, hoffe ich doch in allem auf Verwandlung, auf Flucht. Ich bin ganz einfach nicht bereit, ein nichtiger Mensch zu sein. Ich hoffe eigentlich nur, daß Gott (wenn ich ihm entgegenkomme) mich zu einer anderen, nämlich zu einer reicheren, tieferen, wertvolleren, bedeutenderen Persönlichkeit machen werde – und genau das ist es vermutlich, was Gott hindert, mir gegenüber wirklich eine Existenz anzutreten, das heißt, erfahrbar zu werden. Meine conditio sine qua non: daß er mich, sein Geschöpf, widerrufe."

Mit Stillers Bruder Wilfried besucht Stiller das Grab der Mutter: es stellt sich keine Gemeinsamkeit heraus. Dem Verteidiger gegenüber bestreitet Stiller immer wieder, der Verschollene zu sein. In sein Tagebuch trägt er ein: „Man will sich selbst ein Fremder sein. In der unbewußten Entscheidung, welche Rolle ich mir zuschreibe, liegt meine Wirklichkeit. Zuweilen habe ich das Gefühl, man gehe aus dem Geschriebenen hervor wie eine Schlange aus ihrer Haut. Das ist es: Man kann sich nicht niederschreiben, man kann sich nur häuten. Aber wen soll diese tote Haut noch interessieren!" Und später: „Ich bin nicht der Mann, den sie suchen, und diese Gewißheit, meine einzige, lasse ich nicht los."

Lokaltermin im Atelier des verschollenen Stiller: Auch Julika ist geladen worden und erschienen.

Als in des Verteidigers Dr. Bohnenblust widerlichem Gerede, einer objektiv satirischen Summation aller bürgerlichen Argumentationen für ein eingepaßtes Wohlverhalten, jeder Ernst zu weichen, die spannungsreiche Problematik der Flucht aus der Identität in banale Phrasen zu verflachen droht, zerschmettert der Angeklagte in jäher Zornesaufwallung alles Gipszeug und schleudert die Bronzen aus dem Fenster – ist es die Katharsis, die eine Wende bedeutet?

An dieser Stelle vertraut der Berichter seinen Heften noch einen Selbstmordversuch an, der ihm zwei Jahre vorher die Ahnung einer Selbstfindung gab. Will er also doch sich selbst annehmen, sein Leben suchen, das er nicht von sich werfen kann, sich nichts mehr vormachen, auch wenn er sich dann als versagenden Feigling im harten Selbstgericht erkennen muß? Oder ist es eine bloße Kapitulation, wenn er endlich darauf verzichtet, seine Identität zu bestreiten?

Der Eintrag im Tagebuch lautet: „Jetzt, ich sehe es im vollen Bewußtsein meiner Ohnmacht, wäre der Augenblick da, alles zu sagen, die Wahrheit zu sagen. Aber was ist dieses mein Alles! So wie ich es zu erklären versuche, bleibt nichts mehr übrig. Hätte ich es sonst nicht längst erklärt, dieses mein alles, diese meine Erfahrung?"

Die Schlußverhandlung mit Urteilsspruch findet an einem Vormittag um 10.30 Uhr statt.

„Das Urteil, das gerichtliche, wie erwartet: Ich bin (für sie) identisch mit dem seit sechs Jahren verschollenen Anatol Ludwig Stiller, Bürger von Zürich, Bildhauer, zuletzt wohnhaft Steingartenstraße 11, Zürich, verheiratet mit Frau Julika Stiller-Tschudy, derzeit wohnhaft in Paris, und verurteilt zu einer Reihe von Bußen betreffend die Ohrfeige gegenüber einem eidgenössischen Zollbeamten, betreffend staatsbürgerliche Versäumnisse aller Art, Versäumnis der Abmeldepflicht (infolgedessen liegen heute insgesamt 107 Mahnungen von verschiedenen Ämtern vor); ferner Schulden betreffend Staatssteuer, Militärsteuer, Alters- und Hinterbliebenen-Versicherung, ferner Schadenersatz betreffend ein eidgenössisches Armeegewehr, zusätzlich ein Drittel der Gerichtskosten, total 9361,05 Franken, zahlbar binnen dreißig Tagen nach Unterzeichnung des vorliegenden Urteils. Ferner: Bei Abschluß dieses Verfahrens bleibt die Untersuchungshaft aufrechterhalten, bis in einem zweiten Verfahren eventuelle Zusammenhänge mit der seinerzeitigen Affäre Smyrnow abgeklärt sind.

Verzichte auf ein Schlußwort –

Verzichte auf die Appellation –"

Mit diesem Urteilsspruch ist somit Julika seine gesetzliche Gattin. Da der Verurteilte selber kein Geld hat, um die Buße zu bezahlen, erklärt sich sein Bruder Wilfried Stiller bereit, den Betrag von 9361,05 Franken zu übernehmen.

ZWEITER TEIL

Nachwort des Staatsanwalts

Der Verdacht, daß Stiller in die Smyrnow-Affäre verwickelt gewesen wäre, war unbegründet: Sein Alibi für das fragliche Datum war einwandfrei. Er wurde noch im gleichen Monat freigelassen.

Entschlossen, hinfort beieinander zu bleiben, führen Stiller und Julika ein etwas abseitiges Leben, über das nicht viel nach außen dringt, auf einer verwahrlosten ferme vaudoise am Ufer des Genfer Sees. Stiller betreibt eine Töpferei, Julika gibt Gymnastikstunden, beide unverändert und doch verändert. Bei einem Besuch erfährt Rolf, daß Julika wieder an einer schweren Tuberkulose leidet, daß Stiller dies aber nicht wissen dürfe. Dann wieder erleben Rolf und Sibylle eine schwere Nacht mit Stiller, bis der Morgen die Nachricht von Julikas Tod bringt. Auch in dieser Nacht durchlebt Stiller noch einmal die Spannung zwischen Nichtverstehen und Lieben. Auch die vom Autor dem Staatsanwalt übertragenen Hinweise auf religiöse Momente, auf Schuld und Gnade zumal, auf Glauben und Verzeihen, dringen an den nach dem unerbittlichen Zuspät vereinsamten, sich wieder völlig abschließenden Stiller nicht heran. Sie sind weder subjektiver noch objektiver Trost. Sie stellen den Grundkonflikt nur noch deutlicher in die Frage hinein. In schweren, alle Tiefe der Stillerschen Problematik aufreißenden Gesprächen ersteht – stellenweise in biblischer Diktion – die nicht zu tilgende Schuld Stillers, den anderen Menschen, so unvollkommen er gewesen sein mag, nicht angenommen zu haben. Damit hat er ihn vernichtet. Er konnte das Geschöpf, das er trotz beider Gehemmtheit liebte und um das er gerungen hat, nicht glücklich machen und muß dem Freund recht geben, wenn er ihn des Hochmuts zeiht, sich als Erlöser des anderen Menschen gefühlt und ihn doch in seinem innersten Elend allein gelassen zu haben.

So bleibt doch der einsame Stiller am Schluß keine isolierte Figur, sondern spiegelt in tragischer Weise individuelle Konflikte, die in Raum und Zeit verankert sind. (J. Müller)

Am Schluß des Romans berichtet der Staatsanwalt:

„Ich verlängerte meinen Urlaub und blieb, nach der Abreise meiner Frau, noch einige Tage in Glion, um Stiller allerlei abzunehmen, was es bei einem Todesfall zu tun gibt. Im übrigen hatte ich nicht das Gefühl, daß Stiller mich brauchte, und zu Gesprächen kam es nicht mehr. Das Medizinische interessierte ihn nicht, und sonst gab es kaum etwa zu sagen; es war alles entschieden. Am Abend nach dem kleinen Begräbnis auf einem fremden Friedhof, als ich ihn verlassen mußte, arbeitete Stiller in seinem Souterrain, versuchte es zumindest. Er führte mich an jenes eiserne Törlein mit dem komischen Schild, geistesabwesend, so daß ich ihm zwei- oder dreimal die Hand gab. Wir sahen einander dann und wann; seine nächtlichen Anrufe blieben aus, und seine Briefe waren karg. Stiller blieb in Glion und lebte allein."

CHARAKTERISTIK DER HAUPTPERSONEN

Anatol Stiller

Anatol Stiller, der Züricher Bildhauer, lebt in kinderloser Ehe mit der Ballettänzerin Julika. Die Ehe mit ihr, die ein Prüfstein für beide Teile ist, offenbart sich als Fehlschlag. Stiller entflieht ihr und sich selbst und bricht aus seinem ganzen Lebensbereich aus. Er will seine Identität aufgeben und nicht mehr er selber sein: „Ich weiß, daß ich nicht der verschollene Stiller bin. Und ich bin es auch nie gewesen. Ich schwöre es, auch wenn ich nicht weiß, wer ich sonst bin. Vielleicht bin ich niemand. Und wenn sie es mir schwarz auf weiß beweisen können, daß von allen Menschen, die als geboren verbucht sind, zur Zeit nur ein einziger fehlt, nämlich Stiller, und daß ich überhaupt nicht in dieser Welt bin, wenn ich mich weigere, Stiller zu sein, so weigere ich mich doch. Warum lassen sie nicht ab! Mein Verhalten ist lächerlich, ich weiß, meine Lage wird unhaltbar. Aber ich bin nicht der Mann, den sie suchen, und diese Gewißheit, meine einzige, lasse ich nicht los."

Stiller, der weder seiner Ehe noch den Entscheidungen des Spanischen Bürgerkrieges, an dem er teilnimmt, gewachsen ist, flüchtet sich in die Anonymität. Er nimmt eine Rolle an, die eines Mr. White aus Mexiko. und spricht sich in dieser Rolle in seinen Gefängnisaufzeichnungen aus.

Die Metapher von der Rolle, die einem Menschen im Leben aufgedrängt wird, ist ein von Frisch wiederholt behandeltes Thema. Frisch erklärt, „daß jedes Ich, das sich ausspricht, eine Rolle ist". Stiller will sich seiner Identität als Stiller entledigen und nimmt die Rolle des Mr. White an. Als dieser schreibt er seine Aufzeichnungen nieder; als dieser versucht er, Stiller zu töten: „Ich frage mich: Kann man schreiben, ohne eine Rolle zu spielen? Man will sich selbst ein Fremder sein. Nicht in der Rolle, wohl aber in der unbewußten Entscheidung, welcher Art von Rolle ich mir zuschreibe, liegt meine Wirklichkeit. Zuweilen habe ich das Gefühl, man gehe aus dem Geschriebenen hervor wie eine Schlange aus ihrer Haut. Das ist es; man kann sich nicht niederschreiben, man kann sich nur häuten. Aber wen soll diese tote Haut noch interessieren!" Stiller empfindet sich als Gefangener seiner Hoffnung und seines Fernwehs. In neuer Position versucht er, die verlorene Zeit wiederzugewinnen. Aber während er schreibt, und sich immer wieder neue Beweise für seinen Identitätsverlust liefern will, muß er erkennen, daß er seiner eigenen Wirklichkeit nicht entfliehen kann. Er vermag die verlorene Zeit nicht zurückzuholen, seine Vergangenheit nicht zu bewältigen. Er, der sich selbst nicht „annehmen" will, wird durch die ständige Rückschau gezwungen, sich anzunehmen. Seine Hoffnung richtete sich auf Erlösung von sich selbst: „Ich hoffe eigentlich nur, daß Gott mich zu einer anderen, nämlich zu einer reicheren, tieferen, wertvolleren, bedeutenderen Persönlichkeit machen werde – und genau das ist es vermutlich, was Gott hindert, mir gegenüber wirklich eine Existenz anzutreten, das heißt erfahrbar zu werden. Meine Conditio sine qua non: daß er mich, sein Geschöpf, widerrufe."

Aber Gott widerruft sein Geschöpf nicht. Stillers Flucht nach Amerika und vor sich selbst war vergebens. Das Goethe-Wort „So mußt du sein, dir kannst du nicht entfliehen" klingt an. Am Ende des Buches nimmt Stiller sich selber und das von ihm verlassene, verschmähte Heimatland, die Schweiz, wieder an: „Stiller blieb in Glion und lebte allein."

Weniger positiv beurteilt Marcel Reich-Ranicki die Situation Stillers: „Der Begriff ‚Selbstannahme' wird zum Schlüsselwort des Romans. Um das Verhalten seines Helden zu erklären, legt Frisch einer der auftretenden Gestalten, dem Staatsanwalt, eine psychologische Abhandlung in den Mund. Er geht davon aus, daß die meisten Menschenleben durch ‚Selbstüberforderung' vernichtet werden. Das Fazit heißt: ‚Es braucht höchste Lebenskraft, um sich selbst anzunehmen ... In der Forderung, man solle seinen Nächsten lieben wie sich selbst, ist es als Selbstverständlichkeit enthalten, daß einer sich selbst liebe, sich selbst annehme, so wie er erschaffen worden ist.' "

Durch die Anwendungen dieser Anschauungen auf den Fall Stiller schrumpft die philosophische Konzeption des Romans auf eine nicht eben originelle psychologische These zusammen. Denn Stillers Flucht aus seinem ganzen Lebensbereich kann somit eigentlich nur als Schritt eines Verzweifelten gelten, der als Revolutionär und Künstler, als Ehemann und Liebhaber versagt hat und von Selbstüberforderung zugrunde gerichtet wurde. Nicht als Revolte gegen ein individuelles Schicksal erscheint seine Flucht, nicht als Protest gegen seine Existenz, vielmehr als Kapitulation eines Menschen, der von Minderwertigkeitskomplexen gequält wurde und sich daher mit sich selbst nicht abfinden konnte, als Zusammenbruch einer Persönlichkeit . . .

Daher meint er, moralisch zu der Behauptung berechtigt zu sein, er sei nie Stiller gewesen und habe auch mit einem Mann dieses Namens nichts gemeinsam. Ein trotziger Akt der Freiheit eines wählenden und sich entscheidenden Individuums ist dies gewiß nicht — wohl eher der naive Versuch eines gescheiterten Menschen, sich den Bindungen des Lebens und der Verantwortung für sein bisheriges Dasein zu entziehen.

Die fragwürdige Grundkonzeption des Romans hat zur Folge, daß der Held dank der hartnäckigen und geduldigen Bemühungen der Justiz und seiner Freunde schließlich zu Einsichten kommt, die von Banalitäten und Gemeinplätzen nicht weit entfernt sind. Während er ursprünglich glaubt, er werde, wenn er zugibt, Stiller zu sein, eine Rolle spielen müssen, begreift er, daß es umgekehrt ist: Indem er sich weigert, sich zu sich selbst zu bekennen, spielt er eine Rolle, denn er flüchtet in eine recht primitive Verstellung. Er erkennt, daß man sich selbst nicht entgehen und sich von seiner Vergangenheit nicht lossagen kann, daß eine Verwandlung des Individuums nicht möglich ist, daß der Mensch sich also zu sich selbst bekennen, sein einmaliges Leben ‚annehmen' muß. Max Frisch liebt es, in den Schlußteilen seiner Werke Türen einzurennen, die nie verschlossen waren, Thesen zu verkünden, die nie angezweifelt wurden."

Ähnlich urteilt Joachim Müller:

Stiller will nämlich auch seinem Ich entfliehen, will zu seiner eigentlichen Wirklichkeit vordringen, ein Thema der Barockmystik, will sein ihm gegebenes und aufgegebenes Leben nicht annehmen, sucht den festen Punkt, die Mitte seiner Existenz. Als seine spätere Frau ihm zum erstenmal bei einer harmlosen Geselligkeit begegnet, hält sie seinen Namen für einen Spitznamen, den er seiner Zurückhaltung und Eingezogenheit verdankt. So bekommt der Titelname einen symbolischen Akzent. Aber dies Stillesein ist alles andere als wohlgehüteter innerer Reichtum oder solides Selbstbewußtsein. Vielmehr ist Stiller ein Mensch von bedenklicher Egozentrik, von krankhafter Ichbezogenheit. So sehr er sein Ich überwinden, seine Person verleugnen und eine völlig neue Existenz dafür eintauschen möchte, so sehr bleibt er in seinem Ich befangen, so daß der Gewaltstreich, seine Identität abzuwerfen, mißlingen muß. Aber er scheitert nicht nur, weil er sein Leben nicht annehmen will und sich in seiner krampfhaften Suche nach einem anderen Ich überfordert, sondern weil er das Leben seiner Mitmenschen nicht annehmen will, sie immer anders haben möchte, als sie kraft ihrer Wesensbestimmtheit sein können.

Julika

„Frau Julika Stiller-Tschudy ist nun einmal so. Mit achtzehn Jahren eine Waise, ein Viertel ungarisch, drei Viertel deutschschweizerisch, eine Tuberkulose, die sich als faktisch erwiesen hat, dann die Ehe mit jenem neurotischen Spanienkämpfer, ihre Kinderlosigkeit, ihre Kunst, und wie sie durch alles hindurchgegangen ist, nicht ohne Selbstmitleid, nicht ohne eine grazile Art von Böswilligkeit, aber stets mit einem aufrechten Kopf auf ihren schmalen Schultern, das ist schon großartig; ein wenig Hochmut ist nur zu begreiflich . . ."

„Ihre Augen sind ungemein schön. Ihre offenen Haare sind köstlich, duftig, seidenleicht. Ihre Schneidezähne sind vortrefflich, nicht ohne Plomben, sonst aber von einem schönen Perlmutterglanz . . ."

„Abgesehen von ihrem kupfernen Haar, von ihrem Alabaster-Teint, von ihren grünlichen oder wassergrauen oder vielleicht auch farblosen, jedenfalls ungemein schönen Augen, einmal abgesehen von alledem, was jedermann sehen kann, ist diese Frau eine großartige Frau, nicht leicht zu lieben, mag sein, eine Frau, die noch nie geliebt worden ist und noch nie geliebt hat . . ."

„Sie hat Augenblicke unvermuteter Grazie, Augenblicke von entwaffnender Unschuld, ein plötzliches Erblühen aus Mädchenjahren, die nie gelebt worden sind, ein Gesicht wie zum ersten Male, wenn der Hauch des Schöpfers es erweckt. Sie ist dann selber wie erstaunt, eine Dame in schwarzem Tailleur und mit Pariser Hut, meistens mit einem Schleier von Zigarettenhauch umgeben, wie erstaunt, daß noch kein Mann sie erkannt hat. Sie ist ein heimliches Mädchen, das da wartet in der Hülle fraulicher Reife, für Augenblicke schön, daß man einfach betroffen ist. Es gibt nichts Frauliches, was diese Frau nicht wenigstens als Möglichkeit hat, verschüttet vielleicht, und allein ihre Augen haben einen Glanz der offenen Erwartung, daß man eifersüchtig ist auf den Mann, der sie einmal erwecken wird."

„Auf einem alten Foto erscheint sie als Page oder Prinz, glückselig in einer Verkleidung, die ihr in der Tat aufs entzückendste steht; man kann sich kaum sattsehen an ihrer ephebenhaften Grazie von damals. In ihren großen und ungemein schönen, scheinbar so offenen Augen war, im Gegensatz zu heute, eine merkwürdige Verschüchterung, etwas wie ein Schleier von heimlicher Angst, sei es nun Angst in bezug auf ihr eigenes Geschlecht oder Angst in bezug auf den Mann, der da irgendwo auf die Preisgabe ihrer silbernen Verkleidung warten mochte. Julika war damals dreiundzwanzigjährig. Jeder einigermaßen erfahrene Mann hätte in diesem so faszinierenden Persönchen ohne weiteres einen Fall hochgradiger Frigidität erkannt, mindestens auf Anhieb vermutet und seine Erwartung danach geregelt.

Im Ballett war Julika damals eine anerkannte Hoffnung. Wie viele Männer, Zürcher von gutem Ruf, hätten Julika auf der Stelle geheiratet, Persönlichkeiten, wäre diesem seltsamen und faszinierenden Mädchen nicht die Kunst (Ballett) über alles gegangen, dergestalt, daß sie alle außerkünstlerischen Unternehmungen von vornherein als Störung empfand. Tanz war ihr Leben! Wie ein Meertier, das nur unter Wasser zu seinem Farbwunder gelangt, hatte auch Julika ihre geisterhafte Schönheit nur im Tanz, vor allem im Tanz; nachher war sie müde. Begreiflicherweise: im Tanz gab sie ihr Letztes."

„Eine Reue über ihre Kinderlosigkeit habe ich von ihr nie vernommen." Stiller war überzeugt von einer solchen Reue bei ihr, machte diese Reue zu seiner eigenen, oder umgekehrt. Es hätte wohl nicht anders sein können, meinte er, aber es hatte das volle Gewicht einer richtigen Reue. Endlich schloß er mit der Bemerkung: „Es ist schade, daß ihr Julika nie wirklich habt kennenlernen können!"

„Das Bild der Toten war so viel stärker als alles, was ich mit offenen Augen zu sehen vermochte; als Bild eines vergangenen Wesens, das in seiner Zeit von niemand erkannt worden ist, am allerwenigsten von dem, der mit seiner menschlichen Liebe um sie gerungen hat."

Der Staatsanwalt

Der erste Eindruck, den Stiller von seinem Staatsanwalt – sein Vorname ist Rolf – empfängt, ist der einer sympathischen Persönlichkeit, eines Skeptikers, der auch sich selbst nicht alles glaubt. Er ist der einzige Mensch, dem Stiller seine wirkliche Not „fast ohne Verstellung" anvertrauen könnte. Er besitzt Stillers Vertrauen und wird zeitweise und später sogar sein Freund.

Die Ehe des Staatsanwalts mit Frau Sibylle erweist sich so wie die anderen Ehen des Romans als Mißerfolg; ihre Krise beruht auf dem Wesensunterschied der Ehepartner; der lebenshungrigen, labilen, etwas oberflächlichen Sibylle steht der korrekte gebildete schweizerische Intellektuelle, der Akademiker Rolf gegenüber. Seine Ruhe und Gefaßtheit, seine Beherrschtheit und Selbstsicherheit erinnern an den korrekten, strengen und steifen zaristischen Beamten und Ehemann der gleich Sibylle lebenshungrigen Anna Karenina, Alexej Alexandrowitsch Karenin.

Die bemerkenswerte und oft geradezu beleidigende Gefaßtheit ihres Mannes geht Sibylle „nachgerade auf die Nerven". Aber auch, als Rolf um die ehebrecherischen „Schritte vom Wege" seiner erlebnishungrigen Frau weiß, bleibt er abwartend, kühl und beherrscht. Seine Sachlichkeit und Nüchternheit bringen Sibylle zur Verzweiflung. Nichts kann Rolf aus der Ruhe bringen:

„So", sagte er lediglich, „ihr wollt nach Paris." Sie ließ es an Aufklärung nicht fehlen: „Ich weiß nicht für wie lange, vielleicht nur für ein paar Wochen, vielleicht auch für länger –." Rolf sprang nicht von seinem Sessel, er schmetterte kein Täßlein an die Wand, dieser Rolf mit seiner lächerlichen Gefaßtheit, geschweige denn, daß er auf die Knie fiel und Sibylle anflehte, Vernunft anzunehmen und bei ihm zu bleiben. Nichts von alledem! Einen Augenblick lang war Rolf etwas errötet; er hatte wohl angenommen, die Geschichte mit ihrem Maskenball-Pierrot hätte sich erledigt, und nun mußte er sich von neuem mit der Tatsache ihres glückseligen Ehebruchs abfinden. Warum aber, zum Donnerwetter, mußte er? Rolf rührte in seinem Kaffee. Warum warf er keinen Blumentopf nach ihr oder wenigstens ein Buch? Als sie sein Täßlein etwas zittern sah, regte sich keine Reue in ihr, nicht einmal Mitleid, eher Enttäuschung, Bitterkeit, Hohn, Traurigkeit. „Oder hast du etwas dagegen?", fragte sie und gab ihm den Zucker hinüber, entwickelte nun ihre Gründe: „Du weißt ja, wie das ist, hier gibt es doch nur ein Geschwätz, wenn man mich sieht. Mir macht es nichts aus! Aber für dich ist es doch unangenehm. Vor allem jetzt, wo sie dich als Staatsanwalt haben wollen! Sicher ist es auch für dich viel besser, wir leben in Paris . . ." Sie sah ihn an. „Oder was findest du, Rolf?" Er trank, rührte, trank, blies und trank, als ginge es jetzt vor allen Dingen um die Erledigung dieses heißen Kaffees. Ganz beiläufig kam seine sachliche Frage: „Ja, und wieviel Geld brauchst du denn etwa?" Feige wie Männer ja sind, wenn sie einmal nicht selber die Attacke führen, verschanzte er sich sofort im Sachlichen, während Sibylle doch hören wollte, was er empfände, was er hoffte. Sibylle mit einem anderen Mann in Paris, war's ihm denn gleichgültig? Fand er's in Ordnung? Fand er's untragbar? Sibylle fragte ihn klipp und klar: „Was denkst du denn?" Rolf stand nun am großen Fenster, zeigte ihr seinen breiten Rücken, beide Hände in den Hosentaschen wie immer die Zuschauer bei einer Feuersbrunst Sie schoß auf seine Ruhe: „Ich liebe ihn", sagte sie ungefragt. „Wir lieben einander wirklich", fügte sie hinzu, „sonst würden wir ja nicht zusammen nach Paris gehen, das wirst du mir glauben, ich bin ja nicht leichtsinnig." Und dann müssen ja die Männer stets wieder an die Arbeit; Sitzung, diese Bastion ihrer Unabkömmlichkeit, Sibylle kannte das. Wenn Rolf jetzt nicht an seine Arbeit geht, fällt die ganze Menschheit in einen Zustand verheerender Rechtlosigkeit. „Das mußt du schon selber wissen", sagte er kurz, „was du für richtig hältst." Und nachdem er seinen Mantel angezogen hatte, wobei er die Knöpfe in die falschen Löcher würgte, so daß die Gattin ihn zurechtknöpfen mußte, fügte er etwas melancholisch hinzu: „Du mußt tun, was du für richtig hältst!" und ging ... „Und Sibylle, allein im Zimmer, heulte ..."

So ist Rolf, und sein Bild wird noch deutlicher durch den Vergleich mit Stiller, den Sibylle anstellt:

Stiller war sympathisch, bubenhaft, nicht immer ordentlich; Rolf gewissenhaft, bedacht, pünktlich und genau, fast pedantisch. Stillers Bibliothek eher jünglingshaft, verglichen mit Rolfs akademischen Bücherwänden. Sibylle bewundert Stillers Kochkunst (er bereitet für sie das Abendessen); „Rolf konnte sich nicht einmal ein Rührei machen!"

„Stiller war ihr vertrauter, er war nicht ein Mann, der unterwirft. Rolf unterwirft. Rolf verschwistert sich nicht mit einer Frau ... Stiller entschuldigte sich. Rolf entschuldigte sich eigentlich nie; Rolf war selbstgerecht. Um Stiller konnte man Angst haben, um Rolf nicht. Manchmal kam ihr Rolf wie ein großer Hund vor, ein Bernhardiner, den man besser nicht an die Leine nahm, um nicht umgeworfen zu werden. Stiller kam ihr wie ein Bruder vor, fast wie eine Schwester ... Beide zusammen in einer Person, das wäre es gewesen!"

Sibylle

„Sibylle war damals achtundzwanzigjährig. Zweimal in ihrem Leben hatte sie geliebt, nicht mehr und nicht weniger, und jedesmal war es ein Einbruch in das Leben gewesen, in das Leben des anderen. Der erste

Mann, den sie liebte, ein Professor, dem sie ihre Maturität verdankte, ließ sich scheiden, und der zweite Mann heiratete sie. Zu bloßer Spielerei war sie nicht begabt. Ein kreuzfideler Maskenball-Pierrot, so wie sie Stiller vor drei Wochen erlebt hatte, mag sein, das wäre just das Richtige gewesen, um Rolf, ihrem selbstsicheren Gatten, einmal den lange schon nötigen Schrecken einzujagen . . ."

„Jetzt ist Sibylle (die Gattin meines Staatsanwalts) eine Frau von fünfunddreißig Jahren, schwarzhaarig, mit blauen, sehr hellen und lebhaften Augen, in ihrem Mutterglück sehr schön, Jugend und Reife in einer Person. Ihr Gesicht ist braun, und wenn sie lacht, sieht man einen Mund voll beneidenswerter Zähne, einen sehr kraftvollen Mund . . ."
„Sibylles Mann war schon immer der Meinung gewesen, daß man die Ehe nicht in einem spießbürgerlichen Sinne begreifen dürfte; er hatte da offenbar eine sehr ernsthafte Theorie, wieviel Freiheit in die Ehe einzubauen wäre, eine Männer-Theorie, wie Sibylle es nannte. Sie konnte solche Theorie nie ausstehen, scheint es; und selbstverständlich fußte diese Theorie auf einer vollkommenen Gleichberechtigung von Mann und Frau.

Sibylle aber sagte einfach: „Du hast mir keine Freiheit zu geben. Was soll denn das heißen? Ich nehme mir die Freiheit schon selbst, wenn ich sie brauche."

Und das tat sie auch wirklich. Sibylle war froh um alles, was sie befremdete . . .

DER ROMAN „STILLER" – EIN KOMPENDIUM GEGENWÄRTIGEN LEBENS

Von einer Fabulierkunst im modernen Sinne könnte man im Hinblick auf Frischs Prosa sprechen, wenn man den Roman „Stiller" betrachtet, den Frisch 1953 schrieb und 1954 veröffentlichte. Es ist ein in jeder Weise außerordentliches Buch, mit dem Frisch nunmehr auch als Prosadichter in die erste Reihe der deutschsprachigen Romanciers aufrückte, ein originales Werk, mit dem der Dichter recht eigentlich seine Form gefunden hat.

Das Schicksal Stillers ist das eines Menschen, der sich selber fremd geworden ist und der ein anderer werden möchte, um sich selbst „annehmen" zu können – ein Motiv, dem wir von nun an in Frischs Arbeiten häufig begegnen. Bei seinem Grenzübertritt in die Schweiz behauptet Stiller, der vor sechs Jahren seine Heimat verlassen hat, hartnäckig, jener (angenommene) Mr. White zu sein, als den sein amerikanischer Paß ihn ausweist. Doch ein Mitreisender, durch die Lektüre einer Illustrierten auf den Fall aufmerksam geworden, stellt eine überwältigende Ähnlichkeit Stillers mit jenem ehemaligen Züricher Bildhauer fest, der, der Sowjetspionage verdächtig, seinerzeit ins Ausland geflüchtet war. Stiller wird verhaftet und kommt ins Untersuchungsgefängnis.

„Ich bin nicht Stiller! Tag für Tag sage ich es, schwöre ich es . . .", mit diesen in die Mitte des Themas hineinführenden Worten beginnt der Roman, dessen mäandrisch durch Vergangenheit und Gegenwart dahinfließender Geschehnisstrom vom Anfang bis zum Ende so makellos durchgeführt ist, daß das ständige Ineinander-Verschlungensein der Zeiten, wie es in der Psyche des Menschen der Fall ist, zur zuletzt geoffenbarten Wahrheit wird. Im Gefängnis beginnt nun das erzählende Ich das Leben aufzuzeichnen, wie es sich für den verschollenen Stiller zugetragen hat. In der Tat war er einst sich selber entronnen, aus Ungenüge an sich selbst, im Bewußtsein verfehlten Lebensanlaufs, Versagens im Kampfe (als Soldat im Spanischen Bürgerkrieg) und einer gescheiterten Ehe mit der zarten, schönen, offenbar aber auch etwas frigiden Tänzerin Julika. Die Ehe zerrann schließlich in Gleichgültigkeit und endete mit Stillers Flucht in eine Liebesbeziehung zu der Frau seines jetzigen Staatsanwalts, die jedoch für beide nicht zu einer inneren Erlösung führte, da Stiller in Sibylle, der Frau des Staatsanwalts, immer wieder Julikas Bild entdeckte und von ihm sich nicht völlig lösen konnte. Stiller bleibt in all seinen mitmenschlichen Kontakten „gespalten", hin- und hergerissen zwischen seinem Traum und einer Wirklichkeit, die mit diesem zu keiner Identifizierung kommt. Der ihm gemachte Prozeß, in dessen Verlauf es zur Gegenüberstellung mit allen Personen seines einstigen Lebenskreises kommt, schließt Stiller immer enger in das Netz seiner unentrinnbaren Vergangenheit ein, bis die Begegnung mit seinem früheren Werk in seinem Atelier die Entscheidung gleichsam herbeizwingt. Hier zerstört der ehemalige Bildhauer alles, was greifbares Zeugnis seiner Vergangenheit ist, die ihm schal, vertan und nichtswürdig dünkt, weshalb er sich nicht mit ihr identifizieren will. Doch die Menschen haben sich ein bestimmtes Bild von ihm gemacht (Frischs hier wiederkehrendes Leitmotiv!), und er selber trägt nur eine Maske, hinter der er unkenntlich zu sein glaubt. Er seinerseits jedoch hat, ohne es zu wissen, sich auch ein Bild von ihnen gemacht, mit dessen Fixierung er zu seiner eigenen Bedrängnis gezwungenermaßen auch während der Fluchtjahre gelebt hat und weiterhin lebt. Eine Flucht vor in der eigenen Seele entstandenen Bildnissen kann aber auch durch noch so weite Weltfahrten nicht gelingen; der ganze Circulus vitiosus kann erst zerreißen, wenn Stiller sich selber annehmen lernt. Das gerichtliche Urteil hilft ihm dabei. Es stellt die Identität von Stiller-White eindeutig fest und lautet auf Geldstrafe, die er sich durch sein plötzliches Verschwinden und die Vernachlässigung staatsbürgerlicher Pflichten zugezogen hat. Am Ende erkennt Stiller das Unausweichliche des Gesetzes, das ihn in diesem Falle zum Gesetz seines eigenen Lebens zurückführt. „Ich fühle mich mit einer Unbedingtheit bereit, niemand anders zu sein als der Mensch, als der ich eben geboren worden bin", notiert Stiller am Ende des schmerzlichen Weges durch die Selbstentfremdung. Das Gesetz, das sich ihm zuletzt als Helfer und Freund erweist, ist in diesem Geschehen innerlich vorbereitet durch die Tatsache, daß ganz besonders der Staatsanwalt in diesem Prozeß von Anfang an derjenige ist, der Stillers „Fall" am besten versteht und am menschlichsten behandelt, so wenn er sagt: „Ich sehe Stiller nicht als Sonderfall. Ich sehe einige meiner Bekannten und mich selbst darin, wenn auch mit anderen Beispielen von Selbstüberforderung . . . Viele erkennen sich selbst, nur wenige kommen dazu, sich selbst auch anzunehmen . . . Es braucht die höchste Lebenskraft, um sich selbst anzunehmen."

Nachdem das Urteil verkündet ist, ziehen Stiller und seine Frau Julika in ländliche Abgeschiedenheit. (Das Gesetz, das hier als „sanftes Gesetz" waltet, führt beide Ehen zu neuem Anfang, nach weitesten Umwegen und Entfremdungen, die in der endlichen Selbstannahme, auch der Ehen, als zeitgemäße Form einer Läuterung erscheinen.) Auf dem einsamen Bauernhof, wo Stiller eine kleine Töpferei zu betreiben beginnt, erkrankt Julika an schwerer Tuberkulose, an der sie im nahen Krankenhaus stirbt. Sein einstiger Freund und Staatsanwalt und mit ihm Sibylle stehen Stiller in der schweren Nacht der Vereinsamung bei. Mit den Worten: „Stiller blieb in Glion und lebte allein", verklingt das stark reflektierte und immer wieder durch Extrovertierung lebendig erhaltene Geschehen.

Den Reichtum all dieser Reflexionen auszuschöpfen – dazu bedürfte es vieler weiterer Seiten. Denn das quantitative Romangeschehen ist gering im Verhältnis zu den es umrankenden Tagebuchaufzeichnungen, Briefen und Bekenntnissen White-Stillers, die gleichwohl nie die Beziehung zur Mitte verlieren. Wie zufällig notiert wirkt, was mit meisterlichem Können bewußt komponiert wurde. In der Untersuchungshaft beugt sich White-Stiller über sich selbst und gestaltet nachträglich sein vermeintlich verfahrenes Leben zum Kunstwerk. Aus dem gespaltenen Doppeldasein wird im Kunstwerk, höchst wundersam, die überzeugende Einheit. Denkt man einen Gedanken des Staatsanwalts in dessen „Nachwort" zu Ende, so könnte man von Stiller fast als von einem Schelmenroman sprechen: „Seine Lust an Eulenspiegelei hat Stiller nie verlassen. Er brauchte ein gewisses Maß von Verstellung, um sich unter Menschen wohl zu fühlen . . . bei seinem Anblick konnte ich mir nicht vorstellen, wie er sein Dasein aushielt, ja, wie überhaupt ein Mensch, einmal seiner Erfahrungen bewußt und also frei von allerlei nichtigen Erwartungen, sein Dasein aushält." Was jedoch vom Schelmenroman wieder fortführt, ist jenes hohe Maß von Resignation, in das Stillers Leben zuletzt eingeht und das wir nachzuempfinden vermögen, während der eigentliche Schelm uns bis in seine letzte Station hinein unfaßlich und nicht nachzuerleben bleibt.

Die zahlreichen Konfigurationen aus Bewußtem und Unbewußtem, die, einmal im erzählenden Ich des Dichters, ein anderes Mal in den Reflexionen des Staatsanwalts, Stillers Bild vor uns erscheinen lassen, gestatten nebenbei auch vielseitige Stellungnahmen zu Tages- und Lebensfragen, die das Werk zu einem Kompendium gegenwärtigen Lebens überhaupt machen, was den Doppelreiz dieser nach innen hin weit geöffneten, im Handlungsrahmen dennoch so genau und eng umzirkelten Dichtung ausmacht.

Carol Petersen

STILLERS VERSUCH DES SELBSTVERSTÄNDNISSES

In Max Frischs Roman „Stiller" handelt es sich um eine Niederschrift: Die Aufzeichnungen im Gefängnis. Zahlreiche Reflexionen und Gespräche umkreisen das Kernproblem. Für Stiller steht als Lebensfrage im Vordergrund: die Frage nach der eigenen Wirklichkeit. Der Roman verfolgt eine entsprechende Technik, indem diese Wirklichkeit Stillers von verschiedenen Perspektiven aus „versucht" wird. Jede dieser Perspektiven entwirft nicht nur ein Bild Stillers, sondern ermöglicht zugleich den Blick auf eine bestimmte Schicht gelebten Lebens. Das „geologische" Moment spielt im Stiller-Roman eine große Rolle: das Sich-fassen-und-begreifen-Wollen von Schicht zu Schicht. Wie kann sich Stiller, unabhängig von den anderen, deren Bildnis er sprengen möchte, verstehen und erkennen, wer er in Wirklichkeit ist? Welches ist die Sprache für diese Wirklichkeit, die ihm als das Unaussprechliche erscheint, das er nicht beweisen kann? Von diesen Fragen aus betrachtet, versteht sich der Roman unter anderem als der Versuch einer Morphologie gelebten Lebens, die Lebensniederschrift als ein Versuch zur Gestalt gelebten Lebens. Es ist der Versuch Stillers, zu sich selbst vorzudringen, sich selbst anzunehmen, sich selbst zur Aufgabe zu werden und jene Orientierung des Individuums in sich selbst zu finden, von der Kierkegaard spricht.

Hans Geulen

DIE FORMALE KONZEPTION DES ROMANS „STILLER“

Das Buch mit dem Titel „Stiller“ scheint eine Art Sammelwerk zu sein – in dieser Hinsicht vergleichbar mit dem „Tagebuch 1946–1949“, als dessen Fortsetzung auf anderer Ebene und mit anderen Mitteln es gelten kann. Aus Scheu vor jener „förmlichen Ganzheit“, die „nur Entlehnung“ wäre, hat Frisch den „Stiller“ aus zahlreichen Einzelstücken komponiert und das Unvollendete, ja das Bruchstückhafte vieler Kapitel und Abschnitte nachdrücklich betont.

Alle Ausdrucksmittel der Prosa werden hier erprobt: „Stiller“ enthält epische Partien, dramatische Szenen, lyrische Elemente, Parabeln, Märchen und Anekdoten, novellistische Einschübe, essayistische Abhandlungen und Reportagen. Der Variabilität der formalen Mittel entspricht der ständige, meist sprunghafte Wechsel der Perspektiven und Zeitebenen. Vergangenheit und Gegenwart durchdringen einander unaufhörlich, wobei die Vergangenheit in Nahaufnahmen, die Gegenwart hingegen aus der Perspektive des Zurückgekehrten gezeigt wird. Der Fremde wird vertraut gemacht und die vertraute Heimat verfremdet. Stillers Erinnerungen werden durch die vom Gericht angeordneten Gegenüberstellungen mit den Stätten seines einstigen Lebens ergänzt. Neben seinen Begegnungen mit den Menschen von früher stehen die Berichte eben dieser Menschen über seine Vergangenheit, die er selber aufzeichnet und erläutert. Neben essayistischen Erörterungen und publizistischen Seitenhieben stehen jene in sich geschlossenen Geschichten, die Stiller und auch der Staatsanwalt erzählen und die nichts anderes sind als parabolische Kommentare zu den behandelten Fragen.

Das alles ergibt jedoch nicht etwa die Rekonstruktion der Biographie eines Mannes namens Stiller – im Gegenteil: Je mehr wir über den Helden erfahren, desto unklarer wird sein Porträt. Das Resultat ist eher ein skizzenhaftes, unvollkommenes, bruchstückhaftes, aber eben darum wahrhaftiges Bild des Lebens der Intellektuellen in der Jahrhundertmitte.

Marcel Reich-Ranicki

Die Erzählsituation ist kompliziert. Wir lesen im ersten, mehr als fünf Sechstel des Buches beanspruchenden Teil in sieben Heften „Stillers Aufzeichnungen im Gefängnis", in der Untersuchungshaft mit mancherlei Erleichterungen, die er im zweiten Teil, der den Charakter eines Epilogs hat und sich als „Nachwort des Staatsanwaltes" gibt, eben diesem, der sich seinen Freund nennt, überläßt. In den Aufzeichnungen selbst versucht Stiller – dies die epische Ironie – vor sich selbst, wie vor uns, den Lesern, die Fiktion aufrechtzuerhalten, er sei nicht der etwa 40jährige, vor sechs Jahren verschollene Schweizer Staatsbürger Anatol Stiller, sondern ein durch einen amerikanischen Paß ausgewiesener, aus Mexiko kommender Mister White. Die Grenzbehörden aber bemißtrauten seine Papiere wie sein Verhalten und veranlaßten seine Verhaftung. Nun spielt der Erzähler die Rolle des zu Unrecht wegen versäumter staatsbürgerlicher Pflichten festgehaltenen Ausländers, dem der immer wieder apostrophierte verschollene Stiller auf die Nerven fällt; aber bei aller durch ein höchst artifizielles Gefüge bewirkten erzählerischen Spannung ist das Spiel allzu durchsichtig – welches Aufgebot an Begegnungen mit den ihm konfrontierten Verwandten und Freunden Stillers, an episodischen Reiseberichten und exotischen Erlebnissen, darunter großartige Stücke wie der Lava-Ausbruch auf mexikanischen Tabakplantagen, die Entdeckung einer riesigen und phantastischen unterirdischen Tropfsteinhöhle, wobei der Gefährte zugrunde geht, die Schilderung eines Stierkampfes in der Rolle des Toreros und die erneuerte Legende von Rip van Winkle und der Zeitverrückung im verwunschenen Berg. Wechsel der Erzählsituation, immer wieder eingeblendete Rückgriffe und motivische Assoziationen verraten gestalterische Souveränität. Am Ende des Buches, aus einer ganz anderen Erzählsituation, wird gelegentlich bemerkt, Stiller habe seine Lust an Eulenspiegeleien nie verlassen, „er brauche ein gewisses Maß von Verstellung, um sich unter Menschen wohl zu fühlen". Der epische Hauptreiz aber besteht in der doppelten Figuration des Aufzeichners als Subjekt und als Objekt: Dem fingierten anderen werden alle wichtigen Lebensphasen und die entscheidenden Krisenmomente seiner Existenz als Begebnisse und Erfahrungen eines Dritten vorgestellt, und der Partner der Konfrontierten hat sich tatsächlich bis zuletzt sehr in Zucht und deckt die Karten nicht ganz auf, so sehr er sich gegen das Ende seiner Niederschriften im Selbstgespräch doch einige Male verrät. Wir haben es mit einem häufigen Perspektivenwechsel zu tun. So etwa lernen wir den immer wieder vom Erzähler berufenen verschollenen Stiller, der er nicht selbst sein will, in dreifacher Sicht kennen: in den Berichten seiner Frau Julika, seiner Geliebten Sibylle und des Staatsanwalts Rolf, Sibylles Mann.

Joachim Müller

Homo Faber

GANG DER HANDLUNG IN MAX FRISCHS ROMAN „HOMO FABER"

Der Schweizer Ingenieur Walter Faber ist in den Jahren 1933–1935 Assistent an der Eidgenössischen Technischen Hochschule in Zürich und arbeitet an seiner Dissertation. Er lernt ein Mädchen kennen, Hanna Landsberg, Halbjüdin, aus München, die bei Professor Wölfflin Kunstgeschichte studiert. Als Faber ein Angebot von einer Firma nach Bagdad erhält, beschließt er, Hanna, die ein Kind von ihm erwartet, zu heiraten. Kurz vor der Trauung jedoch weigert sich Hanna, in diese Heirat einzuwilligen. Faber fährt daraufhin alleine nach Bagdad, nachdem zuvor zwischen beiden vereinbart worden war, daß ihr Kind nie geboren werden sollte. Fabers Freund, Joachim Hencke aus Düsseldorf, Mediziner im Staatsexamen, hatte hierzu seine Hilfe angeboten. Faber und Hanna trennten sich im Jahre 1936.

Einige Zeit später heiratete Hanna Landsberg Fabers Freund Joachim und gebar ihr Kind, eine Tochter, deren Vater Faber ist. Die Ehe mit Joachim wird bald geschieden, und Hanna arbeitet für sich und ihr Kind in Paris an einem Verlag. Nach dem Einzug der Deutschen flieht sie nach England, wo sie als deutsche Sprecherin bei der BBC tätig ist. Sie wird britische Staatsbürgerin. Nach dem Kriege heiratet sie einen Deutschen namens Piper, aber auch diese Ehe wird 1953 wieder geschieden. Hanna geht mit ihrer Tochter nach Griechenland, wo sie wissenschaftliche Mitarbeiterin an einem archäologischen Institut wird. Ihre Tochter Elisabeth (später von Faber Sabeth genannt) geht im Jahre 1956 für ein Jahr nach Yale, USA (scholarship).

Walter Faber (von Hanna damals in Zürich Homo Faber genannt) lebt seit 1946 in Manhattan und ist als Ingenieur bei der UNESCO tätig: technische Hilfe für Entwicklungsländer.

Beginn des Romans:

Am Abend des 1. 4. 1957 verabschiedet er sich in La Guardia, New York, von seiner Bekannten Ivy (einem amerikanischen Mannequin) und startet mit einiger Verspätung zum Flug nach Caracas, wo er am 3. 4. 1957 eine Turbinenmontage leiten soll.

Während des Fluges macht er die Bekanntschaft eines Deutschen aus Düsseldorf, Vertreter der Hencke-Bosch AG, die eine Tabakplantage in Guatemala aufbaut. Am 2. 4., morgens, Zwischenlandung in Houston, Texas. Faber, seit einiger Zeit magenkrank, erleidet in der Toilette des Flughafen-Restaurants einen Ohnmachtsanfall und beschließt, trotz mehrmaligen Aufrufs über Lautsprecher, nicht weiterzufliegen. Er wird jedoch von der Stewardeß entdeckt und setzt seine Reise fort. Im Laufe des Vormittags muß die Maschine wegen Motorschadens in der Wüste von Tamaulipas notlanden, was auch gelingt. Der Aufenthalt in der Wüste von Tamaulipas dauert vom 2. 4 bis 5. 4. gegen Mitternacht. In diesen Tagen stellt sich heraus, daß Fabers Reisebekanntschaft, Herbert Hencke, der Bruder von Joachim Hencke ist, der sich zur Zeit in Guatemala befindet und den Aufbau der Tabakplantage leitet. Faber erfährt weiter, daß Joachim Hanna Landsberg geheiratet habe, daß sie ein Kind hätten, aber wieder geschieden wären.

Rückblende:

Die eingangs berichtete Vorgeschichte (Bekanntschaft Fabers mit Hanna Landsberg) bis zur Weigerung Hannas, Faber zu heiraten, wird nachgeholt.

Am 6. 4. beschließt Faber auf dem Flugplatz von Mexico City, Herbert Hencke nach Guatemala zu begleiten. Sie fliegen gemeinsam bis Campeche und warten hier auf den Zug nach Palenque. Am 9. 4., gegen Abend, reisen sie weiter und erreichen Palenque am 10. 4. Dort warten sie fünf Tage auf ein Fahrzeug und setzen schließlich in einem Landrover, begleitet von einem amerikanischen Musiker, die Fahrt in Richtung Plantage fort. Als sie nach einigen Tagen die Plantage erreichen, hat Joachim sich erhängt. Herbert übernimmt die Leitung der Plantage. Faber kehrt nach Palenque zurück und fährt über Campeche – Mexico City nach Caracas zur Turbinenmontage. Da die Turbinen noch im Hafen verpackt liegen, fliegt er am 20. 4. zurück nach New York, wo er am 21. 4. eintrifft.

Rückblende:

Die Vorgeschichte bis zur Trennung Fabers von Hanna im Jahre 1936 wird nachgeholt.

Bei der Ankunft erwartet ihn Ivy, obwohl Faber ihr brieflich (von Tamaulipas aus) mitgeteilt hatte, daß er sich endgültig von ihr trennen wolle. Um der Möglichkeit einer erneuten Festigung des Verhältnisses zu Ivy auszuweichen, entschließt sich Faber, statt des Flugzeugs in einer Woche, den anderen Tag schon ein Schiff nach Europa zu nehmen, wo er an Konferenzen in Paris teilnehmen soll. Den 22. 4., morgens gegen 11 Uhr, befindet sich Faber auf dem Schiff nach Le Havre. Die Fahrt dauert fünf Tage, und er lernt in dieser Zeit die bald einundzwanzigjährige Studentin Sabeth Piper kennen, die von Amerika nach Griechenland zu ihrer Mutter unterwegs ist und von Paris aus per Autostopp über Rom nach Athen weiter will. Faber feiert auf dem Schiff seinen fünfzigsten Geburtstag und macht Sabeth bei dieser Gelegenheit einen Heiratsantrag. Nach der Ankunft in Le Havre fährt Faber allein weiter nach Paris. Dort nimmt er an Konferenzen teil, besucht den Louvre und sieht Sabeth wieder. Er nimmt einige Wochen Urlaub und fährt gemeinsam mit ihr in dem Wagen eines Freundes über Avignon, Pisa, Florenz nach Rom. In Rom, auf einem Grabhügel an der Via Appia ausruhend, erfährt er von Sabeth, daß sie die Tochter seiner ehemaligen Geliebten Hanna ist. Nach einigem Nachdenken überzeugt er sich davon, daß Sabeth Joachims Kind sein muß. Sie fahren gemeinsam weiter durch Italien und gelangen über Patras nach Korinth.

Im Athener Krankenhaus, wohin Sabeth nach einem Unfall auf Akrokorinth gebracht worden ist, trifft Faber mit Hanna zusammen.

Rückblende:

Da Faber und Sabeth in Akrokorinth keine Unterkunft mehr finden, beschließen sie, eine Nacht im Freien zu verbringen. Sie nächtigen auf Akrokorinth in der Nähe des Meeres und erwarten gemeinsam den Sonnenaufgang. Als Faber am Vormittag die schlafende Sabeth zurückgelassen hat und im Meer ein Bad nimmt, wird das Mädchen von einer Schlange gebissen und fällt, als Faber ihr zu Hilfe kommen will, rücklings über eine Böschung. Er bringt die Bewußtlose unter großen Schwierigkeiten nach Athen in ein Hospital.

Faber wohnt in Hannas Haus und gelangt in der Nacht zur sicheren Gewißheit, daß er seine eigene Tochter geliebt hat. Den anderen Tag fährt er zusammen mit Hanna nach Akrokorinth, um seine zurückgelassenen Sachen zu holen. Als sie nach Athen zurückkehren und im Krankenhaus vorsprechen, erfahren sie, daß ihr Kind gestorben ist, und zwar, wie sich später erst herausstellte, nicht an dem Schlangenbiß, sondern an einer nicht diagnostizierten Fraktur der Schädelbasis.

Schluß des ersten Berichts, der von Faber in den Tagen vom 21. 6. bis 8. 7. 1957 abgefaßt wurde.

ZWEITE STATION

Ab 19. 7. 1957 befindet sich Faber im Athener Krankenhaus. Dort schreibt er den zweiten Teil seines Berichts, der die Ereignisse seit Sabeths Tod schildert.

Rückblende:

Am 8. 6. befindet sich Faber wieder in New York und am 9. 6. auf der Weiterreise nach Caracas zur Montage. In Mérida muß er den Flug wegen Magenbeschwerden unterbrechen und fährt von da aus nochmals über Campeche nach Palenque und weiter zur Plantage, um Herbert Hencke aufzusuchen. Am 20. 6. kommt er in Caracas an. Hier leidet er erneut unter Magenbeschwerden, und die Montage muß ohne ihn stattfinden. Während seines Aufenthaltes in Caracas (21. 6. bis 8. 7.) verfaßt er den ersten Teil eines Berichtes an Hanna. Am 9. 7. ist er in Cuba und bleibt dort vier Tage. Am 15. 7. trifft er in Düsseldorf ein und spricht bei der Hencke-Bosch AG vor. Er berichtet vom Tod seines Freundes Joachim und bietet sein Filmmaterial an, um die Firma vom Entwicklungsstand ihrer Plantage zu unterrichten. Bei der Probe jedoch stellt sich heraus, daß die Filmrollen in Unordnung geraten sind. Um den Streifen über Guatemala herauszufinden, ist Faber gezwungen, sämtliche Filme, die er in den beiden letzten Monaten machte, durchzuspielen. Nach Anschauen der Filme verläßt er das Haus der Hencke-Bosch AG, nimmt einen Zug nach Zürich und trifft dort am 16. 7. ein. Von Zürich aus fliegt er weiter nach Mailand, wo er eine Depesche an Hanna absendet, daß er nach Athen unterwegs sei. Bei der Zwischenlandung in Rom schickt er eine Depesche an die UNESCO, in der er um Kündigung nachsucht. Bei seiner Ankunft in Athen erwartet ihn Hanna. Faber muß im Hotel wohnen, da Hanna inzwischen ebenfalls ihren Dienst gekündigt und ihre Wohnung aufgegeben hat, um Athen endgültig zu verlassen.

Da muß Faber am 19. 7. 1957 wegen erneuter Magenschmerzen das Athener Krankenhaus aufsuchen. Hanna besucht ihn täglich. Man nimmt Faber seine Hermes-Baby-Schreibmaschine weg; von nun an nur noch handschriftliche Aufzeichnungen: Befürchtungen, daß er an Krebs leide, Verfügung, alle Berichte, Briefe und Aufzeichnungen zu verbrennen.

Letzte Eintragung in das Tagebuch: „8.05 Uhr. Sie kommen." Über den

Ausgang der Operation wird nichts berichtet; der Schluß ist jedoch naheliegend.

CHARAKTERISTIK DER HAUPTPERSONEN

Walter Faber

Walter Faber wurde am 29. April 1907 als Sohn bürgerlicher Eltern geboren. Nach einem Studium an der Eidgenössischen Technischen Hochschule in Zürich arbeitete er von 1933 bis 1935 daselbst als Assistent. Er schrieb eine Dissertation über „Die Bedeutung des sogenannten Maxwell'schen Dämon" Faber macht die Bekanntschaft einer Studentin Hanna Landsberg, die bei Professor Wölfflin Kunstgeschichte studiert, einer Halbjüdin aus München; doch führt die Bekanntschaft zu keiner Ehe, da die äußeren Lebensverhältnisse eine solche nicht gestatten und Hanna Landsberg sich nicht zu einer Heirat entschließen kann. Faber nimmt ein Angebot einer Firma in Bagdad an, nachdem er die Zusicherung Hannas erhalten hat, daß das von ihr erwartete Kind nicht geboren werden wird.

Ein Freund Fabers namens Joachim Hencke, Mediziner im Staatsexamen, hatte hierzu seine Hilfe angeboten. Nichtsdestoweniger kommt das Kind zur Welt; Hanna heiratet Joachim Hencke. Faber selbst, der von diesen Dingen nichts weiß und sie erst später erfährt, arbeitet für die UNESCO in der „Technischen Hilfe für unterentwickelte Völker". In diesem Dienst fliegt er am 1. April 1957 von La Guardia, New York, nach Caracas, wo er als Ingenieur die Anlage einer Turbine leiten soll. Faber ist Techniker. Sein Weltbild ist rein naturwissenschaftlich-rationalistisch bestimmt. Er denkt nur in Zahlen und mathematischen Verhältnissen; die Welt, die Natur und das Menschenleben sind ihm etwas Berechenbares; Zahlen und Figuren sind ihm die Schlüssel aller Kreaturen; alles Geschehen betrachtet er unter dem Gesichtspunkt des kausalen Zusammenhanges von Ursache und Wirkung; menschliche Verhaltensweisen und Reaktionen beurteilt er rein materialistisch, selbst das Seelenleben und die Liebe sind ihm nur Ergebnisse von Bewegungen molekularer Substanzen. Alle seine Berechnungen und Planungen, jede „Vorausschau" gründet er auf die Wahrscheinlichkeitsrechnung. Für alles hat er rationale Erklärungen zur Hand. „In einer solchen Welt herrscht die Statistik, deren rein quantitatives Verfahren den einzelnen aus dem Blickfeld verliert. Sie bagatellisiert das, was dem einzelnen gerade als einzelnem zukommt und kann daher sogar zu einem problematischen Trost werden. So tröstet sich Faber damit, daß seine Magenschmerzen auf das Rauchen zurückzuführen wären. Faber beruhigt sich, daß die Mortalität bei Schlangenbiß nur 5 bis 10 Prozent beträgt und daß die Operation, der er sich unterziehen muß, in 94,6 von 100 Fällen gelingt. Diese durchrationalisierte, vom Quantitativen beherrschte Weltauslegung führt aber zu einer Verkürzung der Perspektive, so daß der Welt jegliche Tiefe und jede eigentümliche Besonderheit verlorengeht. Das Untergründige der Symptome wird nicht mehr spürbar. Gefahren werden negiert, Ängste scheinbar aus der Welt verbannt." (Rolf Geißler) Die kafkaeske Bedrohtheit der Welt ist Faber fremd. Einen Satz wie „Man weiß nicht, was man im eigenen Hause hat" (Franz Kafka, Der Landarzt) würde er nie über die Lippen bringen. Alle unvorhergesehenen, nicht eingeplanten Ereignisse will er nicht wahr haben, denn alles ist ihm Materie, und alle Materie ist berechenbar. Wunder gibt es für ihn nicht, alle irrationalen und transzendenten Bezüge negiert und leugnet er, für Gott ist in seinem Weltbild kein Platz.

Alles Gefühlhafte, Intuitive, Musische lehnt Faber ab, der Bereich der Kunst und Musik ist ihm verschlossen. Weder zu den Maya-Tempeln in Mexiko noch zu den Kunstwerken des Louvre in Paris kann er ein Verhältnis gewinnen. Er besitzt weder die Fähigkeit des Staunens noch die des Schauderns. (Vergl. Goethe: „Das Schaudern ist der Menschheit bestes Teil.")

So ist es nicht verwunderlich, daß Fabers starre rationale, materialistisch bedingte Haltung, seine falsche Überlegenheit aus angeblich besserem Wissen heraus, seine Blindheit für das Wesenhafte, seine Negation der Imponderabilien des Lebens ihn in Schuld und – nach der Erkenntnis seines verhängnisvollen Irrtums – in tiefste Verzweiflung stürzen. Am Schicksal Walter Fabers enthüllt sich das Gesetz des Lebens selbst, werden die Grenzen sichtbar, die dem Menschen als Menschen gesetzt sind.

Hanna Landsberg

Alle Personen des Romans „Homo Faber" werden, da der Roman ein Bericht Walter Fabers ist, nur aus der Perspektive des Berichterstatters gesehen. Es kommt also der Darstellung der Personen kein Eigenwert zu. Immerhin ist die exakte, minuziöse Beobachtungsweise Fabers, die Präzision seiner Aussagen geeignet, eine einigermaßen wahrheitsgetreue Grundlage abzugeben, auf der eine Charakteristik der Personen, mit denen er es zu tun hat, versucht werden kann.

Hanna Landsberg, Halbjüdin, hat bei Heinrich Wölfflin in Zürich Kunstgeschichte studiert. Ihr Vater ist von den Nationalsozialisten verhaftet worden und in einem Konzentrationslager gestorben. Daher ihre Abneigung gegen jeden Nationalismus und gegen alles Rechtsgerichtete und ihre Hinneigung zu einer Art weltanschaulichen Kommunismus, ihre Verheiratung mit dem Kommunisten Piper (nach dem Tod ihres ersten Mannes, Joachim Henckes), den sie aber, nachdem sie den Kommunismus in Moskau selbst 1948 kennengelernt hat, 1954 wieder verläßt. Zur Zeit des Romans arbeitet sie am Archäologischen Institut in Athen. Ihre ganze Fürsorge gilt ihrer Tochter Elisabeth (Sabeth), deren Vater Walter Faber ist.

Hanna Landsberg ist der Typ der intellektuellen, emanzipierten Frau, der Selbständigkeit über alles geht. Faber beschreibt sie als klein, mit grauem, kurzgeschorenem Haar, schwarzer Hornbrille und dem verwitterten Gesicht eines alten Indios; sie hat also eher männliche als weibliche Züge, ist nicht weich und anschmiegsam, sondern herb und verhalten. Trotzdem denkt sie nicht so rationalistisch und materialistisch wie Faber, sondern weiß, daß das Leben Überraschungen bereithält und Zusammenhänge offenbart, die sich allen Berechnungen entziehen.

Mitgefühl, Mitleid und Mütterlichkeit sind Eigenschaften, die sie nicht nur Sabeth gegenüber, sondern auch Faber gegenüber bis zur letzten Stunde seines Lebens an den Tag legt.

Ihre Schuld besteht darin, daß sie ihre Tochter Sabeth in egozentrischer Weise nur für sich allein in Anspruch nimmt und Faber die Geburt Sabeths verschwiegen hat, ja ihn durch eine vorherige gegenteilige Abmachung, die nicht eingehalten wurde, getäuscht hat. Diese Täuschung Fabers führt denn auch das Verhängnis herbei.

Sabeth

Die Begegnung mit Sabeth schildert Faber folgendermaßen: „Vor mir: ein junges Mädchen in schwarzer Cowboy-Hose, kaum kleiner als ich, Engländerin oder Skandinavierin, ich konnte ihr Gesicht nicht sehen, nur ihren blonden oder rötlichen Roßschwanz, der bei jeder Bewegung ihres Kopfes baumelte ... Sie trug einen schwarzen Pullover mit Rollkragen, existentialistisch, dazu Halskette aus gewöhnlichem Holz, Espadrilles, alles ziemlich billig. Sie rauchte, ein dickes Buch unter dem Arm, und in der hinteren Tasche ihrer Cowboy-Hose steckte ein grüner Kamm ... Sie mußte sehr jung sein: ihr Flaum auf dem Hals, ihre Bewegungen, ihre kleinen Ohren, die erröteten, als der Steward einen Spaß machte – sie zuckte nur die Achsel; ob erster oder zweiter Service, war ihr gleichgültig ..."

„Sie spielte Pingpong mit einem jungen Herrn. Möglicherweise ihr Freund oder Verlobter Sie hatte sich umgekleidet und trug jetzt einen olivgrünen Manchesterrock, glockig, was ihr besser stand als die Bubenhosen, fand ich . . . Jedesmal überrascht, wenn ich sie von vorne sah, gezwungen, mich zu fragen, ob es wirklich dieselbe Person war, deren Gesicht ich zu erraten versucht hatte . . Von hinten gesehen, vom rötlichen Roßschwanz her, war sie's durchaus, aber von vorne blieb sie merkwürdig. Ihre Augen wassergrau, wie oft bei Roßhaarigen. Sie zog ihre Wolljacke aus, weil sie das Spiel verloren hatte, und krempelte ihre Bluse herauf. Einmal überrannte sie mich fast, um den Ball zu fangen. Ohne ein Wort der Entschuldigung. Das Mädchen sah mich gar nicht . . ."

Die folgende Unterhaltung zwischen Sabeth und Faber charakterisiert Sabeth, mehr aber noch das „Robotertum" Fabers: „Am anderen Morgen, als ich allein an der Reling stand, trat sie zu mir . . ., sie meinte, ich fühlte mich einsam und wollte nett sein, gab's nicht auf, bis sie mich zum Plaudern brachte – über Navigation, Radar, Erdkrümmung, Elektrizität, Entropie, wovon sie noch nie gehört hat. Sie war alles andere als dumm. Nicht viele Leute, denen ich den sogenannten Maxwellschen Dämon erläuterte, begriffen so flink wie dieses junge Mädchen, das ich Sabeth nannte, weil Elisabeth, fand ich, ein unmöglicher Name ist. Sie gefiel mir, aber ich flirtete in keiner Weise. Ich redete wie ein Lehrer, fürchtete ich, während sie lächelte. Sabeth wußte nichts von Kybernetik und wie immer, wenn man mit Laien darüber redet, galt es, allerlei kindische Vorstellungen vom Roboter zu widerlegen, das menschliche Ressentiment gegen die Maschine, das mich ärgert, weil es borniert ist, ihr abgedroschenes Argument: der Mensch sei keine Maschine. Ich erklärte, was die heutige Kybernetik als Information bezeichnet: unsere Handlungen als Antworten auf sogenannte Informationen, beziehungsweise Impulse, und zwar sind es automatische Antworten, größtenteils unserem Willen entzogen, Reflexe, die eine Maschine ebensogut erledigen kann wie ein Mensch, wenn nicht sogar besser. Sabeth rümpfte ihre Brauen (wie stets bei Späßen, die ihr eigentlich mißfallen) und lachte . . .

„Was ich damals von Sabeth wußte: Ein Semester in Yale, scholarship, jetzt auf der Heimreise zur Mama, die in Athen lebt, Herr Piper (Faber meint: Sabeths Vater, weil sie Elisabeth Piper heißt) hingegen in Ostdeutschland, weil immer noch vom Kommunismus überzeugt, ihre Hauptsorge in diesen Tagen: ein billiges Hotel in Paris zu finden, dann will sie mit Autostopp nach Rom (was ich einen Wahnsinn fand) und weiß nicht, was aus ihr werden soll, Kinderärztin oder Kunstgewerblerin oder so etwas, vielleicht auch Stewardeß, um viel fliegen zu können, unter allen Umständen möchte sie einmal nach Indien und nach China ... Ich verbot ihr, Stewardeß zu werden.

Sabeth schätzte mich (auf meine Frage hin) vierzig, und als sie vernahm, daß ich demnächst fünfzig bin, verwunderte es sie auch nicht. Sie selbst war zwanzig ...

Keinesfalls wollte ich mich aufdrängen."

„Unsere Reise durch Italien – ich kann nur sagen, daß ich glücklich gewesen bin, weil auch das Mädchen, glaube ich, glücklich gewesen ist trotz Altersunterschied ... Wir waren die Via Appia hinausgepilgert, drei Kilometer zu Fuß, wir lagen auf einem Grabmal, Steinhügel, im Schatten einer Pinie ... Wie Sabeth über mir steht, beziehungsweise neben mir: Ihre Espadrilles, dann ihre bloßen Waden, ihre Schenkel, die noch in der Verkürzung sehr schlank sind. ihr Becken in den straffen Cowboy-Hosen; sie hatte beide Hände in den Hosentaschen, als sie so stand. Ihre Taille nicht zu sehen; wegen der Verkürzung. Dann ihre Brust und ihre Schultern, Kinn, Lippen, darüber schon die Wimpern, ihre Augenbogen blaß wie Marmor, weil Widerschein von unten, dann ihr Haar im knallblauen Himmel, man hätte meinen können, es werde sich im Geäst der schwarzen Pinie verfangen, ihr rötliches Haar. So stand sie, während ich auf der Erde lag, im Wind. Schlank und senkrecht, dabei sprachlos wie eine Statue."

„Was ändert es, daß ich meine Ahnungslosigkeit beweise, mein Nichtwissenkönnen! Ich habe das Leben meines Kindes vernichtet, und ich kann es nicht wiedergutmachen. Wozu noch ein Bericht? Ich war nicht verliebt in das Mädchen mit dem rötlichen Roßschwanz, sie war mir aufgefallen, nichts weiter, ich konnte nicht ahnen, daß sie meine Tochter ist, ich wußte ja nicht einmal, daß ich Vater bin. Wieso Fügung? Ich war nicht verliebt, im Gegenteil, sie war mir fremder als je ein Mädchen, sobald wir ins Gespräch kamen, und es war ein unwahrscheinlicher Zufall, daß wir überhaupt ins Gespräch kamen, meine Tochter und ich. Es hätte ebensogut sein können, daß wir einfach aneinander vorbeigegangen wären. Wieso Fügung! Es hätte auch ganz anders kommen können."

Zufall – Fügung – um diese Begriffe kreisen Fabers Gedanken bei der Analyse seines Verhältnisses zu Sabeth, nachdem er erfahren hat, daß sie seine Tochter ist und er seine Tochter geliebt hat. Man könnte ihm Schillers Wallenstein-Wort entgegenhalten: „Es gibt keinen Zufall! Und was uns blindes Ohngefähr nur dünkt, gerade das steigt aus den tiefsten Quellen." Von einer höheren Warte aus betrachtet war es kein Zufall, daß Faber mit Sabeth ins Gespräch kam, und die Fügung bestand darin, daß beide sich begegnen mußten, daß beide n i c h t aneinander vorbeigingen, sondern sich fanden. Zu dieser Erkenntnis kommt Faber allerdings erst nach Sabeths Tod, der ebenfalls wieder von einer höheren Warte aus betrachtet kein Zufall ist, sondern eine aus der Weisheit des Schicksals erwachsene Bestimmung, durch die Sabeth davor bewahrt wird, die grausame Wahrheit, die für sie noch vernichtender gewesen wäre als sie für Faber es ist, zu erfahren.

DIE FEHLORIENTIERUNG WALTER FABERS

Als Ich-Erzählung ist der Roman „Homo Faber" aus dem Geiste des zwanzigsten Jahrhunderts geboren, eine geniale Auslegung des in diesem Jahrhundert dominant gewordenen Menschentyps, das heißt des Menschen, der sein Vertrauen zum Leben fast ausschließlich auf seine eigene Lebenstüchtigkeit gründet und seinen Lebensweg nach rationalen Erwägungen gestaltet. Zugleich jedoch enthält der Roman auch eine Mahnung. Walter Faber, die zentrale Gestalt des schlicht mit „Bericht" untertitelten Werkes, ist der von den Gesetzen der Mathematik beherrschte, nach ihren Regeln sein Leben aufbauende und führende, herb-strenge Mann der Technik, der in der Ablehnung aller Mystik das Leben selbst nur als rationale Größe empfindet: „Ich glaube nicht an Fügung und Schicksal, als Techniker bin ich gewohnt, mit den Formeln der Wahrscheinlichkeit zu rechnen. Wieso Fügung? Ich brauche, um das Unwahrscheinliche als Erfahrungstatsache gelten zu lassen, keinerlei Mystik; Mathematik genügt mir." Als Mann, der ein solches Bekenntnis ablegt, kann Faber trotz aller beruflichen Erfolge am Ende doch nichts als scheitern. Als Montageleiter und Herr über Kraftwerke in mehreren Kontinenten, in seiner Tätigkeit bei der „Technischen Hilfe für unterentwickelte Völker" ist er ein unentwegt Reisender, Passagier aller Fluggesellschaften, für den auch das Reisen längst alle Romantik eingebüßt hat. Zufälle spielen immer wieder, oft überraschend und verwirrend, in sein Leben hinein, mehr freilich gibt er nicht zu, denn er versteht Zufälle nur im Sinne sich nachträglich enthüllender Gesetzlichkeit. So schalten auch eigentliche Glücks- und Unglücksgefühle für ihn aus, alles, was er tut, ist Akt des Willens und männlicher Energie, „bloße Addition" auch, wie ihm zuletzt vorgeworfen wird, er lebt, als „gäbe es kein Alter", und doch ist alles von Anfang an tragisch umwittert. Der Leser kommt von der ersten Seite an nicht umhin, Fabers sämtliche Erlebnisse, selbst da, wo sie diesen als souveränen Beherrscher seines Lebens aufzeigen, als erschütternd zu empfinden, ihn als Opfer seiner Selbstverkennung und Fehlorientierung seines Lebens zu sehen, da er die Wertakzente allzu nachdrücklich auf dessen materielle Erfolgsseiten setzt. Er, der nur der Außenseite und der Gegenwärtigkeit der Erscheinungen dient und ihren Ansprüchen gehorcht, wird immerfort von seiner eigenen Vergangenheit und Innenwelt überlistet und überwältigt, bis er zuletzt sogar das Leben seines eigenen Kindes zerstört.

Auf einem Flug nach Caracas trifft Faber mit einem Mann zusammen, in dem er, nach wiederholten Gesprächen während eines vier Tage und drei Nächte dauernden, durch den Ausfall eines Motors bedingten Notaufenthalts in der Wüste Tamaulipas in Mexiko, den Bruder seines einstigen besten Freundes und Studiengefährten Joachim erkennt, mit dem er vor zwanzig Jahren in Zürich zusammenlebte und der am Ende Fabers Geliebte, Hanna, heiratete. Hanna erwartete damals ein Kind von ihm, das dann in der väterlichen Obhut Joachims aufwuchs und nach dessen späterer Scheidung von Hanna bei der Mutter blieb. Auf einer Schiffsreise von New York nach Europa begegnet Faber einem jungen Mädchen „in schwarzer Cowboy-Hose", mit einer „blonden oder rötlichen Roßschwanz"-Frisur, das ihn fasziniert, mit dem er ein Liebesverhältnis beginnt und dem er, der über fünfzigjährige Junggeselle, sogar einen Heiratsantrag macht. „Ich dachte an Heirat wie noch nie." Er weiß nicht, daß sie Hannas und seine eigene einzige Tochter ist, mit der er somit inzestuöse Beziehungen pflegt. Als er in seiner leidenschaftlichen Hingezogenheit zu ihr, deren Vornamen Elisabeth er zu „Sabeth" verkürzt, sie auf ihrer Reise bis nach Griechenland begleitet, kommt es auch zu einer Wiederbegegnung zwischen ihm und Hanna, die dort, inzwischen auch von ihrem zweiten Mann, einem Kommunisten namens Piper, getrennt lebend, an einem Archäologischen Institut arbeitet. Dieses Wiedersehen führt, wie es nicht anders sein könnte, auch zum Erkennen ihrer wechselseitigen Schuldverstrickung. Auf einem Ausflug wird Sabeth von einer Schlange gebissen und stürzt danach so unglücklich, daß sie sich eine Schädelbasisfraktur zuzieht, an der sie wenige Tage später stirbt. Faber, nach einem abermaligen Dienstflug nach Südamerika nun entschlossen, fortan in Griechenland ansässig zu werden und bei Hanna zu bleiben, fällt bei seiner Rückkehr nach Athen einem schleichenden Magenkrebsleiden zum Opfer.

Griechenland als der alle Konflikte auflösende letzte Schauplatz dieser kühn entworfenen, verschiedenartigste Lebensbereiche aufreißenden Handlung trägt unwillkürlich das Bewußtsein antiker Schuld-und-Sühne-Vorstellung an den Leser heran.

Der Romancier und Dramatiker Frisch hat in dieser Verbindung von antiken und modernen Schicksalsmotiven, auch in der Verbindung epischer und dramatischer Elemente, im „Homo Faber" eine nicht anders als großartig und erschütternd zu nennende Ausdrucksgewalt erreicht, die das Werk zum Höhepunkt in Frischs gesamtem Schaffen macht.

Carol Petersen

WALTER FABERS VERMESSENHEIT UND STURZ

„Stiller" wirkte, trotz der reißenden Erzählart, quälerisch und endete vor allem so: im Nichtigen, in „wirklichem" Versagen. Einer Odyssee im Seelischen fehlt immer die wohltuende Naivität und meistens auch Kürze und Heiterkeit, es gilt ja die Kontinente der Seele zu entdecken. Darum hoffte man für Frisch auf eine Wendung zum Äußeren. Sie ergab sich durch die Darstellung eines Technikers, eines Angestellten der UNESCO; Homo Faber (1957) läßt sich nicht mehr entzweien, ist kein Pluralist, quält sich nicht mit seinem Innern und seiner Heimat herum, sondern gerät in den Strudel des Schicksals; kommt nicht bloß ins „Schleudern", sondern stürzt. Stiller war ein Bildhauer, Walter Faber ist Techniker. Als Architekt kannte Frisch die beiden Möglichkeiten: Gestaltung und Berechnung. Auf den Roman der Produktionen und Reproduktionen, auf das Geflecht von Innerlichkeiten folgte ein vergleichsweise nüchterner Bericht. Auf die Bilder bunter Verdrängungen folgte die Dichtung eines „Entsäuberten", folgte beinahe antike Strenge. Walter Faber ist ernüchtert und verzichtet darauf, immer anders sein zu wollen.

In allen Ländern werden heute Apparate gebaut, die Vorstellungen früherer Jahrhunderte weit hinter sich lassen. Die Kybernetik hat wieder einmal zur Frage geführt, ob Maschinen menschliche Fähigkeiten ersetzen können. Walter Faber bejaht sie. Er bestreitet für sich, die Natur zu erleben; er filmt alles, filmt auch die Menschen (bezeichnenderweise fragt ihn Sabeth auf dem Schiff just dann, was er von ihr wolle, als er mit der Filmkamera auf sie zukommt) und versucht dadurch das Erinnerungsvermögen zu ersetzen. Er behauptet, Gefühle seien bei ihm Ermüdungserscheinungen, eine lebensgefährliche Situation betrachtet er unter dem Gesichtspunkt des Maxwellschen Dämons. Solchen Ernüchterungen fehlt aber das gewisse Lächeln gängiger Romane. Fabers Stolz, mit beiden Füßen auf der Erde zu stehen, alles, wovon die Leute reden, sehr genau zu sehen, führt ihn in die Irre. Die Überzeugung, mit all seinem Wirklichkeitssinn wahrhaftig nicht blind zu sein, führt ihn geradenwegs ins Dunkel und in den Tod.

Die Vermessenheiten führen zur Blutschande. Faber, keineswegs ein „Erwählter" mit glorreicher Zukunft, trifft aus purem Zufall auf der Rückreise nach Europa seine Tochter Sabeth. Der dezidierte Junggeselle, der sich im Motorenlärm am wohlsten fühlt, macht dem adretten Backfisch von zwanzig Jahren fast wider Willen einen Heiratsantrag und fährt mit ihr durch Italien. Noch vertraut er seinen „Wirklichkeiten". Die Erinnyen zeigen sich nicht, durch den Biß der Schlange scheint Sabeth zunächst noch nicht zugrunde zu gehen; aber das Unheil, das sich mit jener Liebesnacht – bei Mondfinsternis, im Bewußtsein der schwebenden, sausenden Himmelskörper – erfüllt, tötet auch ihn, den Wahrscheinlichkeitsfanatiker. In seiner Nähe steht Hanna, die um den Tod ihrer einzigen Tochter weint.

Die Darstellung des Entsetzlichen wird um so glaubhafter, als Frisch sich in seinem Bericht stilistisch zurückhält, beziehungsweise einen Mann von fünfzig Jahren in aller Hinfälligkeit zeichnet. Faber tappt ins Dunkle. Es ist nicht jenes Scheitern, das wir aus Dutzenden von zeitgenössischen Romanen kennen, sondern das Leben eines intellektuellen Pfuschers. Selbstverständlich ist Faber nicht in seinem Fachgebiet ein Pfuscher, sondern in seinem ganzen Lebensstil.

Der Bericht wird gegen das Ende immer kurzatmiger. Man kann dabei die eingeschobenen Rückgriffe auf Früheres kaum mehr Rückblenden nennen; es ist eher ein Stocken des Erzählers vor dem Grauen, das in dieses verpfuschte Leben einbricht. In dieser Beziehung ist Frischs Dichtung von einer bisher nicht bekannten Herbheit und Größe. Aschenbecher, Wohnräume, ein schmutziges Hemd, Straßen und Fahrzeuge werden zu Motiven von furchtbarer Anschaulichkeit. Faber, der seine „Episoden" anfangs immer getreulich filmt und seinen Film zwischenhinein säuberlich ordnet, muß am Schlusse in Düsseldorf die Bilder auf der Leinwand wie Schatten der Rache vorüberziehen sehen. Das Geschlecht wird ihm zum Fluch, die Mutter – Hanna, die er in ihrer Besorgtheit eine Henne schilt – zur Falle der Liebe. Es gibt trotzdem in Frischs Opus keine Frau, die so menschlich-mütterlich wirkt wie Hanna, obgleich auch sie nie über ihre Ichbezogenheit hinausgelangt; es heißt von ihr, sie hätte ihr Kind eigentlich ohne Vater gewünscht.

Faber steht mit der Schöpfung auf Kriegsfuß, erlebt sie entweder als stinkende Fruchtbarkeit in Guatemala oder als Sumpf der Geschlechtlichkeit in New York. Schöpfung als Kultur, als göttliches Geschenk, ist ihm fremd. Er ist Widersacher der Natur wie Don Juan; nur endet diesmal der Kampf mit mehr als einer Farce. Faber lebt neben der Zeit hinweg und erkennt nicht, daß er sein eigenes Kind hat heiraten wollen. Sein Horizont ist zu eng, weil ihm Einsichtigkeit und Bildung fehlen; weit könnte der Horizont nur werden, wenn man die höheren Ordnungen sieht. „Zwar können wir solche Ordnung nicht sehen", sagte einmal Leibniz, „weil wir nicht in dem rechten Gesichtspunkt stehen, gleichwie ein prospektivisch Gemälde nur aus gewissen Stellen am besten zu erkennen, von der Seite aber sich nicht zeigen kann. Allein wir müssen uns mit den Augen des Verstandes dahin stellen, wo wir mit den Augen des Leibes nicht sehen noch stehn können. Und ob man gleich nicht jedesmal den rechten Punkt des Anschauens sofort mit dem Verstande finden kann, so soll man sich doch vergnügen, daß man wisse, es sei dem also, daß man ein Wohlgefallen an allen Sachen haben würde, wenn man sie recht verstünde, und also solches Wohlgefallen daran bereits haben solle, gleichwie man an seines Freundes oder Fürsten Tun ein Wohlgefallen schöpfet, wenn man ein vollkommenes gutes Vertrauen zu ihm hat, das ist, wenn man seines Verstandes und guts Gemüts versichert, ob man schon nicht allemal gleich sieht, warum ein und anders geschehn, und es äußerlich oft nicht wohlgetan scheinet." Walter Faber ist natürlich weit entfernt von solchem Vertrauen und Wohlgefallen; ein Wahrscheinlichkeitsrechner und Statistiker kann nie den „rechten Punkt des Anschauens" erreichen.

Hannas Leben ist durch drei „Techniker" verpfuscht worden; durch den schachspielenden Manager Joachim, den Kommunisten Piper, namentlich aber durch den scheinbar harmlosesten der Spezies, Walter Faber. Er ist bezeichnender- und paradoxerweise Angestellter der UNESCO-Aktion für unterentwickelte Länder. Als ob die zivilisierte Welt nicht noch unterentwickelter wäre! Hanna erkennt Faber als „unterentwickelt" und sagt es ihm nach seiner Erkrankung. „Diskussion mit Hanna! – über Technik (laut Hanna) als Kniff, die Welt so einzurichten, daß wir sie nicht erleben müssen. Manie des Technikers, die Schöpfung nutzbar zu machen, weil er sie als Partner nicht aushält, nichts mit ihr anfangen kann; Technik als Kniff, die Welt als Widerstand aus der Welt zu schaffen, beispielsweise durch Tempo zu verdünnen, damit wir sie nicht erleben müssen. (Was Hanna damit meint, weiß ich nicht.)"

Walter Faber versuchte, ohne den Tod zu leben, war nicht fähig zu altern, behandelte das Leben als Addition statt als Gestalt. Nirgends wird der Zusammenhang von Technik, Unreife, Blutschande so deutlich wie durch diese Bemerkungen ...

Faber erinnert an die tragischen Mythen Ödipus oder sogar an Dädalus oder Wieland (die auch Blutschuld auf sich luden, allerdings als Heroen des Schöpferischen). Faber findet sein Gericht in Griechenland. Die Flüge um den ganzen Erdball verlieren vor seinem Tod ihre Bedeutung; denn ein Mann stürzt auf seine Mitte hin. Ein Mann, der den Schlüssel zum Dasein verloren hat – man erinnere sich jener vergeblichen Anrufe in New York und der vergeblichen Versuche, in seine eigene Wohnung zu kommen (siehe Kapitel „Sprache und Stil des Romans Homo Faber") –, wird vom Schicksal bestraft. Zu den Motiven jener früheren Dichtungen, etwa der „Chinesischen Mauer" mit ihrer geschlossenen Unentrinnbarkeit, kommt im „Homo Faber" das Element der antiken Tragik.

Hans Bänziger

DIE TRAGIK DER SELBSTSICHERHEIT

Was ist Zufall, was ist Fügung? Was Schicksal, was menschliche Selbstentscheidung? Die Frage ist vom Dichter nicht in eine schwebende epische Ironie gebracht, vielmehr ist der Erzähltenor von „Homo Faber" tragische Ironie – das Ende ist wiederum eine epische Tragödie. Was wie Zufall anmutet, fügt sich aus persönlicher Entscheidung, die sich freilich dann als verhängnisvolle Fehlentscheidung entpuppt. Faber weiß wohl: es hätte alles ganz anders kommen können. Wäre er z. B. nicht zu Schiff gefahren, hätte er Sabeth wohl nie getroffen. Aber gerade dadurch gerät er in spintisierende Verwirrung der Gedanken: „Ich wußte selbst nicht, was ich dachte, ich konnte mich sozusagen nicht entschließen, zu wissen, was ich denke." Aber als er es beim Abschied hätte bewenden lassen können, hat er das Mädchen gesucht, und für alles, was dann folgte, ist er verantwortlich, ob sie ihn auch mehr liebt als er sie. Aus der Konditionalität post festum wird eine unaufhaltbare Kausalität, die als schreckliche Fatalität das südliche Arkadienglück zerstört – da ist Helena-Reminiszenz und angespielter Atridenmythos. Das Helle wendet sich ins Düstere. Die physische Vernichtung durch den Zufall eines Sturzes mitten im Natur- und Liebesidyll und die tödliche Erkrankung werden zum Ausdruck einer objektiv unlösbaren Situation, die im Inzest liegt – doch dieser ist überaus dezent gestaltet (in Gellerts „Schwedischer Gräfin" und in Goethes „Wilhelm Meister" – Mignons Eltern – geht es schlimmer zu: Der erkannte Inzest führt nicht zur Entsagung), und Sabeth selbst wird sich seiner nicht mehr bewußt. Aber er ist auch nicht so sehr der extreme Fall einer Liebesbeziehung, die im epischen Ablauf allen poetischen Glanz erhielt, im gemeinsamen Erleben elementarer Naturereignisse wie im köstlichen Vergleichswettspiel, als vielmehr Zeichen einer erotischen Verstrickung, die im zwiespältigen egozentrischen Charakter Fabers gründet. Das Kalkulable im zwischenmenschlichen Verhältnis, vom Dichter keineswegs in Gänze negiert und in der Frage der Geburtenkontrolle objektiv diskutiert, wird allerdings durch Fabers übersteigerte Selbstsicherheit (äußerster Gegensatz zu Stillers Angst vor Selbstverwirklichung) und seinen vermessenen Distanzierungswillen Frauen gegenüber ad absurdum geführt. Faber selbst macht für sein Scheitern keinen Dämon verantwortlich, auch wenn er sich zuletzt auslöschen möchte. Wohl war er stets tapfer tätig, wenn es galt, den Dschungel zu bewältigen, der epische Realität bleibt und nicht symbolisch überhöht wird. Aber der mit seiner Bejahung der technischen Welt zugleich gegebene abenteuerliche Zug richtet in ihm selbst Unheil an, als er sich dem lockenden Zufall preisgibt. Dem gegenüber das Leben Hannas, die als deutsche Halbjüdin und Emigrantin bitteres Leid erfuhr, ihrem Kind alle Opfer bringt und als progressive beruflich selbständige Frau nicht „Proletarier der Schöpfung" sein will, sondern in leidenschaftlichem Plädoyer von der Epoche die längst fällige Anerkennung fordert. Wohl trifft sie der jähe Tod ihres Kindes in ihrem Lebensnerv, aber für den zu ihr heimgekehrten Mann ist sie das Bild reifer Gefaßtheit und seelischer Kraft, so sehr er versteht, daß sie ihn am Totenbett Sabeths ins Gesicht schlug.

Der Dichter will keineswegs die technisierte und rationalisierte Welt ad absurdum führen, er ist alles andere als ein Maschinenstürmer, er will nicht in einem irrationalistischen Refugium vor dem Dschungel kapitulieren, aber seine epische Gestaltungskunst durchleuchtet ein Geschehen, aus dem weder Altern und Vergehen, Krankheit und Tod noch Liebespassion und ethische Verantwortung eliminiert werden können.

Joachim Müller

„SCHICKSAL IST EINES MODERNEN MENSCHEN NICHT WÜRDIG"

Walter Faber, Techniker, will zugleich ein „Ingenieur der Seele" sein. Da er glaubt, den Ablauf aller Geschehnisse auf Grund mathematischer und naturwissenschaftlicher Gesetze berechnen und voraussehen zu können, leugnet er folgerichtig auch die Existenz eines „blindwaltenden" Schicksals. Romantischen Glauben an die Unabwendbarkeit der Ereignisse lehnt er ab; entscheidend ist für ihn der Wille des seiner selbst bewußten, sich selbst verantwortlichen, autonomen Menschen, der sein Leben in die Hand zu nehmen, zu lenken und zu gestalten vermag. Am Beispiel der Schwangerschaftsunterbrechung macht Faber sich und anderen klar, daß der Mensch den Lauf der Natur beeinflussen kann und „die Sache selbst zu regeln hat". Schicksal muß nicht geschehen, wenn der Mensch es nicht haben will. „Es ist lächerlich, Schicksal abzuleiten aus mechanisch-physiologischen Zufällen, es ist eines modernen Menschen nicht würdig", sagt Faber. Der Mensch als Techniker, als Ingenieur, ist nach Fabers Meinung in der Lage, die Natur zu korrigieren und jedes Geschehen seinem Willen zu unterwerfen.

Es ist die furchtbare Tragik Fabers, daß er am Ende seines Lebens erkennen muß, daß er sich geirrt hat. Das Leben als Leben ist nicht berechenbar, „ihm ruhen noch im Zeitenschoße die dunklen und die heitren Lose"; alle Berechnungen und Voraussichten werden eingeholt und überholt von den Imponderabilien, die sich jeder logischen und wissenschaftlichen Fixierung entziehen. Faber lehnt die Natur als Götze ab; die Natur als Gott muß er schließlich schaudernd erfahren.

Fabers Lebens- und Weltansicht kommt in seinen Ausführungen über die Schwangerschaftsunterbrechung eindeutig zum Ausdruck; deswegen seien diese Ausführungen hier als Ganzes wiedergegeben.

„Seit ich weiß, wie alles gekommen ist, vor allem angesichts der Tatsache, daß das junge Mädchen (Sabeth), das mich in die Pariser Opéra begleitete, dasselbe Kind gewesen ist, das wir beide (Hanna auch) mit Rücksicht auf unsere persönlichen Umstände, ganz abgesehen von der politischen Weltlage damals, nicht hatten haben wollen, habe ich mit mehreren und verschiedenartigen Leuten darüber gesprochen, wie sie sich zur Schwangerschaftsunterbrechung stellen, und dabei festgestellt, daß sie (wenn man es grundsätzlich betrachtet) meine Ansicht teilen. Schwangerschaftsunterbrechung ist heutzutage eine Selbstverständlichkeit. Grundsätzlich betrachtet: Wo kämen wir hin ohne Schwangerschaftsunterbrechungen? Fortschritt in Medizin und Technik nötigen gerade den verantwortungsbewußten Menschen zu neuen Maßnahmen. Verdreifachung der Menschheit in einem Jahrhundert. Früher keine Hygiene. Zeugen und gebären und im ersten Jahr sterben lassen, wie es der Natur gefällt, das ist primitiver, aber nicht ethischer. Kampf gegen das Kindbettfieber. Kaiserschnitt. Brutkasten für Frühgeburten. Wir nehmen das Leben ernster als früher. Johann Sebastian Bach hatte dreizehn Kinder (oder so etwas) in die Welt gestellt, und davon lebten nicht 50 Prozent. Menschen sind keine Kaninchen, Konsequenz des Fortschrittes: Wir haben die Sache selbst zu regeln. Die drohende Übervölkerung unserer Erde. Mein Oberarzt war in Nordafrika, er sagt wörtlich: Wenn die Araber eines Tages dazu kommen, ihre Notdurft nicht rings um ihr Haus herum zu verrichten, so ist mit einer Verdoppelung der arabischen Bevölkerung innerhalb von zwanzig Jahren zu rechnen. Wie die Natur es überall macht: Überproduktion, um die Erhaltung der Art sicherzustellen. Wir haben andere Mittel, um die Erhaltung der Art sicherzustellen. Heiligkeit des Lebens! Die natürliche

Überproduktion (wenn wir drauflos gebären wie die Tiere) wird zur Katastrophe; nicht Erhaltung der Art, sondern Vernichtung der Art. Wieviel Menschen ernährt die Erde? Steigerung ist möglich, Aufgabe der UNESCO: Industrialisierung der unterentwickelten Gebiete, aber die Steigerung ist nicht unbegrenzt. Politik vor ganz neuen Problemen. Ein Blick auf die Statistik: Rückgang der Tuberkulose beispielsweise, Erfolg der Prophylaxe, Rückgang von 30 Prozent auf 8 Prozent. Der liebe Gott! Er machte es mit Seuchen; wir haben ihm die Seuchen aus der Hand genommen. Folge davon: Wir müssen ihm auch die Fortpflanzung aus der Hand nehmen. Kein Anlaß zu Gewissensbissen, im Gegenteil: Würde des Menschen, vernünftig zu handeln und selbst zu entscheiden. Wenn nicht, so ersetzen wir die Seuchen durch Krieg. Schluß mit Romantik. Wer die Schwangerschaftsunterbrechung grundsätzlich ablehnt, ist romantisch und unverantwortlich. Es sollte nicht aus Leichtsinn geschehen, das ist klar, aber grundsätzlich: Wir müssen den Tatsachen ins Auge sehen, beispielsweise der Tatsache, daß die Existenz der Menschheit nicht zuletzt eine Rohstoff-Frage ist. Unfug der staatlichen Geburtenförderung in faschistischen Ländern, aber auch in Frankreich. Frage des Lebensraumes. Nicht zu vergessen die Automation: Wir brauchen gar nicht mehr so viele Leute. Es wäre gescheiter, Lebensstandard zu heben. Alles andere führt zum Krieg und zur totalen Vernichtung. Unwissenheit, Unsachlichkeit noch immer sehr verbreitet. Es sind immer die Moralisten, die das meiste Unheil anrichten. Schwangerschaftsunterbrechung: eine Konsequenz der Kultur, nur der Dschungel gebärt und verwest, wie die Natur will. Der Mensch plant. Viel Unglück aus Romantik, die Unmenge katastrophaler Ehen, die aus bloßer Angst vor Schwangerschaftsunterbrechung geschlossen werden, heute noch. Unterschied zwischen Verhütung und Eingriff? In jedem Fall ist es ein menschlicher Wille, kein Kind zu haben. Wieviel Kinder sind wirklich gewollt? Etwas anderes ist es, daß die Frau eher will, wenn es einmal da ist, Automatismus der Instinkte, sie vergißt, daß sie es hat vermeiden wollen, dazu Gefühl der Macht gegenüber dem Mann, Mutterschaft als wirtschaftliches Kampfmittel der Frau. Was heißt Schicksal? Es ist lächerlich, Schicksal abzuleiten aus mechanisch-physiologischen Zufällen, es ist eines modernen Menschen nicht würdig. Kinder sind etwas, was wir wollen, beziehungsweise nicht wollen. Schädigung der Frau? Physiologisch jedenfalls nicht, wenn nicht Eingriff durch Pfuscher; psychisch nur insofern, als die betroffene Person von moralischen oder religiösen Vorstellungen beherrscht wird. Was wir ablehnen: Natur als Götze! Dann müßte man schon konsequent sein: dann auch kein Penicillin, keine Blitzableiter, keine Brille, kein DDT, kein Radar und so weiter. Wir leben technisch, der Mensch als Beherrscher der Natur, der

Mensch als Ingenieur, und wer dagegen redet, der soll auch keine Brücke benutzen, die nicht die Natur gebaut hat. Dann müßte man schon konsequent sein und jeden Eingriff ablehnen, das heißt: sterben an jeder Blinddarmentzündung. Weil Schicksal! Dann auch keine Glühbirne, keinen Motor, keine Atom-Energie, keine Rechenmaschine, keine Narkose – dann los in den Dschungel!"

DIE ENTHÜLLUNG DES SCHICKSALS IN MAX FRISCHS ROMAN „HOMO FABER"

Faber überschaut rückblickend nur eine absehbare Reihe von Geschehnissen, die jedoch verknüpft sind mit Ereignissen und Vorfällen, die zwei Jahrzehnte zurückliegen. Es geht um die Vergegenwärtigung einer Lebenssituation, in der allem Anschein nach die Schuld und somit das Scheitern eines ganzen Lebens zum Ausbruch gelangen. Faber versucht durch einen Bericht den Nachweis seiner völligen „Unschuld" zu erbringen, was allerdings nicht im Vordergrund steht, solange wir die Schuldfrage von äußeren Gegebenheiten herleiten. Zum anderen aber versucht er mit Hilfe der Protokollaussagen die genaue Rekonstruktion des Faktenzusammenhangs, um Hanna zu beweisen, daß es jene hintergründige Verknüpfung und offenbare Transparenz des Geschehens nicht gibt. Fabers Frage lautet also: Wie konnte das alles geschehen, und was an diesem Geschehen deutet auf ein Schicksal, auf eine Fügung? Auch Faber unternimmt damit den Versuch – ebenso wie Stiller –, zu einem Selbstverständnis vorzustoßen, nur konzentriert sich sein Interesse allein auf den sichtbaren Zusammenhang. Indem er aber diesen sichtbaren Zusammenhang im Bericht wiederherstellt, erscheint für den Leser der schicksalhafte und „wirkliche" Zusammenhang; denn die Inszenierung des Geschehens durch den Autor ist in dieser Hinsicht derart demonstrativ, daß der Leser die schicksalhafte Verknüpfung der Ereignisse erkennen muß. Der Berichterstatter hingegen kann nichts anderes tun, als vom Geschehen zu berichten, ohne jedoch einen Einblick zu haben, zumal da er das einmal gewonnene Bildnis einer absehbaren und erklärbaren Welt nicht aufgeben mag. Der Leser sieht sich so in die seltene Lage versetzt, Schicksal und Opfer, Schuld und Scheitern zugleich zu überschauen und aufeinander zu beziehen, obwohl er nur die eine Informationsquelle, den Bericht Fabers, besitzt. Er gewinnt diese Einsicht aus dem Bericht, der dem Leser von einem gewissen Zeitpunkt an den schicksalhaften Zusammenhang offenbart und den Irrtum, das Blindsein des Helden, aufzeigt.

Hans Geulen

DAS ÖDIPUS-MOTIV

Immer wieder wird bei der Betrachtung des „Homo Faber"-Romans von Max Frisch auf das Ödipus-Motiv hingewiesen. Deswegen sei der Inhalt der Ödipustragödie des Sophokles hier kurz wiedergegeben.

Alles, was wir in diesem Drama sehen, ist nur die schrittweise Enthüllung eines Geheimnisses, einer langen Kette im Zeitraum vieler Jahre aufeinanderfolgender verschiedener Ereignisse. Die verhängnisvolle Verkettung dieser Ereignisse und vor allem das inzestive Geschehen werden erst später offenbar. Die Enthüllung und Offenbarung der einzelnen Phasen und ihrer Wirkungen bilden die Handlung des „Ödipus"-Dramas.

Laios, Sohn des Labdakos, König von Theben, bittet Apollon um Nachkommenschaft; das Orakel antwortet, seine Gemahlin Jokaste werde ihm einen Sohn gebären, von dessen Hand er sterben solle. Der Sohn wird geboren, die Hälfte des Orakels ist erfüllt. Die drohende Verwirklichung seiner zweiten Hälfte bewegt Jokaste zu einer Freveltat, sie übergibt das eigene einzige Kind, dessen Knöchel sie noch durchbohrt und zusammengeschnürt hat, einem Sklaven zum Umbringen. Laios und Jokaste glauben sicher zu sein.

Allein der Sklave fühlt mehr Erbarmen als die Eltern, auch er gerät in eine Kollision des schuldigen Gehorsams und des gegebenen Versprechens mit dem natürlichen Mitleid. Er folgt dem letzteren und übergibt auf dem Kithäron das Kind einem Hirten aus Korinth, ohne aber irgend jemand von seiner Handlungsweise Mitteilung zu machen. So bleibt die Sache Geheimnis.

Der korinthische Hirt schenkt das Kind, welches nach seinen geschwollenen Füßen Ödipus genannt wird, dem kinderlosen Königspaar von Korinth, Polybos und Merope. Von diesen wie ihr eigenes Kind gehalten und auferzogen, glaubt Ödipus auch tatsächlich ihr Kind zu sein. Ein Wort, welches ein Trunkener bei fröhlichem Mahle fallen läßt, er sei nicht Polybos' Sohn, veranlaßt ihn, seine vermeintlichen Eltern um genaue Auskunft zu fragen. Sie versichern ihm, er sei ihr Sohn. Die Wahrheit bleibt für ihn unenthüllt.

Ödipus kann seiner Zweifel nicht ledig werden und geht nach Delphi. Statt der Antwort auf seine Frage erteilt ihm der Gott das Orakel, er werde seinen Vater töten, seine Mutter heiraten und mit ihr ein verfluchtes Geschlecht zeugen. War der Glaube, daß Polybos und Merope seine Eltern seien, früher zu schwach, um seine Zweifel niederzuschlagen, so ist dieser Glaube stark genug, um ihn zu veranlassen, das korinthische Königspaar für immer zu fliehen.

Auf der Wanderung begegnet ihm König Laios, dessen Würde, geschweige denn sein Name, ihm völlig unbekannt sind. Gereizt erschlägt er den König und seine Diener. Aber nicht alle! Denn einer entflieht, und berichtet zu Hause, mehrere Räuber hätten Laios überfallen und erschlagen.

Ödipus kommt nach Theben. Er löst das Rätsel der Sphinx, wird König und Gatte Jokastens und zeugt mit ihr zwei Söhne und zwei Töchter. Der Mann, welcher damals entflohen war, erkennt ihn, offenbart aber das Verbrechen und den Mörder nicht. Er begibt sich auf das Land, um mit dem König nicht zusammenzukommen und so der Offenbarung des Geheimnisses vorzubeugen.

So sind die beiden Orakelsprüche erfüllt, ohne daß die betreffenden Personen davon wissen; ja, sie glauben durch ihre Maßregeln den Weissagungen einen Streich gespielt zu haben. Wie die Eingelullten nach und nach zu dem furchtbaren Bewußtsein kommen (und der Zuschauer mit ihnen), daß sie dem Schicksal unterlegen seien, und das Streben, den Abgrund zu vermeiden, sie erst recht in denselben hereinstürzt, zeigt die Entwicklung des Dramas.

ANATOL STILLER UND WALTER FABER

Es ist das Problem des Bildhauers Anatol Stiller, daß er nicht der ist und nicht der sein will, für den ihn seine ganze Umgebung hält. Er unternimmt alles, um diesem schablonenhaften Bildnis zu entrinnen. Aber der gigantische Versuch Stillers, ein neuer, ein anderer Mensch zu werden, der Mensch, der er sein möchte und in Wirklichkeit ist, scheitert. Die Welt hat sich ein bestimmtes Bildnis von ihm gemacht, und mit diesem behaftet sie ihn für alle Zeiten, aus diesem Bildnis entläßt sie ihn nicht. Sie zwingt ihm eine Rolle, eine Maske auf, die er sich krampfhaft abzuwerfen bemüht.

Anders der Ingenieur Walter Faber im Roman „Homo Faber"; er hängt sich selber eine Maske vor, die Maske der Selbstbelügung, wodurch er in die Selbstentfremdung und in eine unheilvolle, tödliche Entfremdung dem Leben gegenüber gerät.

Beide Romane, „Stiller" und „Homo Faber", sind sogenannte Rollenromane, das heißt, der Dichter schrieb diese Romane in der Rolle der Hauptfigur, das eine Mal in der Rolle des Bildhauers Anatol Stiller, das andere Mal in der Rolle des Ingenieurs Walter Faber. Im „Stiller" ist dem Dichter die Umsetzung in die Rolle zwar noch nicht so durchwegs und vollkommen gelungen wie im „Homo Faber". Im „Stiller" treffen wir noch auf zahlreiche Stellen, wo unverhohlen der Schriftsteller Max

Frisch aus den Aufzeichnungen des Bildhauers herausschaut. Solche Stellen gibt es im „Homo Faber" nicht mehr. Hier wird die Rolle bruchlos durchgehalten. Frisch hat zur Charakterisierung Fabers eine eigene Sprache geschaffen, eine lapidar schnoddrige Sprache, eine bürokratisch triviale Sprache, eine kaltschnäuzig rechnerische Sprache, eine sprunghafte Stenographie, in welcher oft halbe Satzteile weggeschluckt werden. Besser als durch seine eigene Sprache könnte dieser Typ Faber gar nicht charakterisiert werden Es ist der heute sehr häufige Typ, der durch den laxen Ton seiner Sprech- und Schreibweise überlegene, unerschütterliche Weltmännischkeit vortäuschen will, damit aber nur seine innere Leere, seine Unsicherheit, seinen Mangel an echter Beziehung zum Leben und zu den Mitmenschen überdeckt. Walter Faber will Fügung und Schicksal, will alles Unberechenbare aus seinem Leben ausschließen. Sein Konflikt ist der Konflikt des Menschen, der ständig behauptet, nicht an Fügung oder Schicksal zu glauben, der überzeugt ist von der Berechenbarkeit der Welt und des Lebens – und der schließlich von der Fügung und seinem Schicksal eingeholt wird und die Unberechenbarkeit des Lebens auf sehr drastische Weise erfährt. Der aufregende Stil, in welchem Faber seine Geschichte erzählt, ist nichts anderes als die Maske, die er sich vorsetzt, und der Bericht ist eine schrittweise Demaskierung Fabers.

Wir erkennen hier ein Hauptmotiv, das bei Frisch von Werk zu Werk mehr oder minder stark wirksam ist: das Motiv der Maske . . . Als entscheidendes Motiv und Symbol spielt die Maske bei Frisch eine bedeutende Rolle. „Unsere Welt ist voller Masken", sagt Min Ko in der „Chinesischen Mauer". Dieses Maskenspiel, diesen Mummenschanz treiben wir Menschen im großen wie im kleinen. Die Maske ist das Symbol der Unwahrhaftigkeit, der Unaufrichtigkeit, der Unehrlichkeit, der Verlogenheit, der Verstellung. Man maskiert sich voreinander, man macht sich gegenseitig etwas vor, man treibt einen spukhaften Mummenschanz. Das Dasein des einzelnen Menschen wie der menschlichen Gesellschaft ist in Larvenhaftigkeit erstarrt. Wir flüchten uns alle in Rollen. Das ist es auch, was den Dichter Max Frisch erschreckt und worunter er leidet. Und aus seinem Leiden erwächst die Sehnsucht nach Überwindung dieses spukhaften Lebens. Es ist ein oberstes Anliegen Max Frischs, uns mit dem Mittel der Dichtung das Maskenhafte und Larvenartige unseres Lebens eindrücklich vor Augen zu führen, damit wir seiner bewußt werden, damit wir es erkennen und allenfalls überwinden. Frisch ist eben doch ein heimlicher Moralist. „Einen amoralischen Moralisten auf der Suche nach einer neuen lebbaren Sittlichkeit" hat Rudolf Hagelstange ihn einmal genannt. Eduard Stäuble

DIE ERZÄHLHALTUNG IN MAX FRISCHS „HOMO FABER“

Ebenso wie der Stiller-Roman ist auch der Faber-Roman eine Ich-Erzählung. Der Roman gibt sich laut Untertitel als Bericht. Ein Bericht, so können wir vermuten, der nach dem Tode Fabers posthum herausgegeben wurde ...

Faber ist ein schnell urteilender Techniker, der an die Universalität eines mathematisch-naturwissenschaftlich geprägten Weltbildes glaubt und an nichts anderes, der aber den Fall eines antik anmutenden Schicksals an sich erlebt, demgegenüber er nichts auszurichten vermag, und das ihn fast zugrunde richtet ... Walter Faber schreibt in Caracas die erste Hälfte des Berichtes, der die Ereignisse vom Start in La Guardia bis zu Sabeths Tod verzeichnet. Die Aufzeichnungen sind Hanna Landsberg zugedacht, wurden aber nicht abgeschickt oder später überreicht, sondern fielen Hanna zusammen mit dem zweiten Berichtteil und den Tagebuchnotizen vermutlich erst nach dem Tode Fabers in die Hände.

Der zweite Teil der Aufzeichnungen enthält den Zeitpunkt der Niederschrift und das, was darauf folgte (Cuba, Düsseldorf, Zürich, Athen), wiederum als Bericht.

Der dritte Teil, die Tagebuchnotizen im Athener Krankenhaus, fällt bis zu einem gewissen Grade mit der Abfassung des zweiten Berichtteils zusammen, bis zu dem Zeitpunkt nämlich, da man Faber seine Hermes-Baby-Schreibmaschine wegnimmt. Nach dem endgültigen Entzug der Schreibmaschine schreibt Faber nur noch an seinem Tagebuch ...

Dadurch, daß nichts in der Berichterstattung ausfällt, auch nicht der für gewöhnlich vernachlässigte Zeitpunkt der Niederschrift, wird ein hohes Maß an Genauigkeit erreicht. Im Strom der Zeit und der Geschehnisse, die ihn ständig weiter entfalten, schreibt der Berichterstatter gegen sie und zurück (Rückwendungen und Vorausdeutungen), bis er in dem Augenblick, da die Zeit „erreicht“ ist (Athener Krankenhaus), mit der Zeit schreibt, was wiederum seinen Niederschlag findet in den Notizen zum Augenblick, zu Gesprächen und Reflexionen in gegenwärtiger Zeit, die bis zum Zeitpunkt der Operation hin anhalten und den Anschein von letzten Meldungen erwecken: „8.05 Uhr. Sie kommen.“

Hans Geulen

Die verhältnismäßig schlichte Fabel des Romans „Homo Faber“ ist in 42 Einzelteile zerlegt; die Geschichte wird nicht chronologisch, sondern in höchst komplizierter Montage dargeboten.

Der facettenartige Schliff, die prismenhafte Brechung, die der Roman durch die Struktur erhält, machen etwas von der Brüchigkeit der Faberschen Welt deutlich. Die Sprache, die diese Welt Fabers sinnfällig werden läßt, bleibt immer – es ist ja ein Ich-Bericht – im Bereich seiner rational-vordergründigen Weltauslegung, während die Strukturen des Berichts durch die künstlerische Montage die Welt transzendieren, und zwar durch Gestaltung. Wie Hanna Faber kritisiert, indem sie seiner Lebensauffassung vorwirft, daß es in ihr nur eine Addition der Ereignisse, aber keine Gestaltung gebe, so bekommt die Zufälligkeit der Ereignisse (aus Fabers Sicht) erst in der Gestaltung des Romans durch den Dichter die schicksalhafte Bedeutung. Daß sich die Existenz von Schicksalhaftem gegen die vordergründig-rationale Weltauffassung durchsetzt, macht die Hauptproblematik des Romans aus.

Die Aufsplitterung der Fabel in einzelne Mosaikteilchen läßt sich auch aus der Romankonzeption motivieren. Einmal verwendet der Berichtende verschiedene Erzählelemente, durch die – obgleich immer im sachlichen Stil verbleibend – sich verschiedene Abschnitte voneinander abheben (Bericht, Reflexion, Erinnerung usw.). Zum anderen ist die Aufgliederung des Berichts durch Zeitverhältnisse bestimmt, in denen der Berichtende zu seinem Gegenstande steht. Diese Struktur leistet für Faber nun folgendes: Der Bericht objektiviert mit seiner „Feststellung" der Vergangenheit das Fabersche Ich auf verschiedenen Stationen. Fabers Ich, das ohne zeitliche Dimensionen nur der jeweiligen Gegenwart verhaftet zu sein scheint, entdeckt sich durch den Bericht gleichsam selbst. Aber die Identität des Ich wird nicht wie im Entwicklungsroman in chronologischer Kontinuität geschildert, sondern Fabers Ich wird – gleichsam statisch, da es im eigentlichen Sinne keine Entwicklung kennt – auf verschiedenen Stufen in verschiedenen Vergangenheitsräumen sichtbar. Diese Stationen beleuchten und bespiegeln sich gegenseitig und machen so erst das Selbstverständnis des Ich und damit die Verantwortlichkeit Fabers offenbar. Rolf Geißler

DAS PROBLEM DER ZEIT IM FABER-ROMAN

Das Problem der Zeit spielt eine bedeutende Rolle im Faber-Roman. Faber lebte bis zu dem Zeitpunkt, da ihm sein Schicksal bewußt wurde, stets auf dem Gipfel der Zeit. Für ihn war die Zeit die meßbare Zeit und damit ein Schema, eine Skala, der Zeit unterschoben. Hanna sagt zu Faber: „Du behandelst das Leben nicht als Gestalt, sondern als bloße Addition, daher kein Verhältnis zur Zeit, weil kein Verhältnis zum Tod." Max Frisch formuliert in seinem Tagebuch: „Vielleicht müßte man unterscheiden zwischen Zeit und Vergängnis: die Zeit, was die Uhren zeigen, und Vergängnis als unser Erlebnis davon, daß unserem Dasein stets ein anderes gegenübersteht, ein Nichtsein, das wir als Tod bezeichnen . . ."

Für Faber ist Zeit das, was die Uhren zeigen. Außerstande, ein Erlebnis der Zeitvergängnis zu haben und damit eine Ahnung vom Nichtsein, lebte er blind, leer, ein Registrator unzähliger Fakten und Vorgänge, die sich in gleicher Weise wiederholen, deren Auftreten absehbar und deren Erscheinungsweise nichts Außergewöhnliches, sondern das Übliche darstellt. So kommt es, daß Faber das Leben nicht als Gestalt, sondern als bloße Addition behandelt; aber das Leben sei „Gestalt in der Zeit", sagt Hanna.

Faber: „Mein Irrtum mit Sabeth: Repetition; ich habe mich so verhalten, als gebe es kein Alter, daher widernatürlich. Wir können das Alter nicht aufheben, indem wir weiter addieren, indem wir unsere eigenen Kinder heiraten."

Die beschriebene Haltung Fabers ist teilweise bedingt durch seinen Beruf als Techniker: „Technik als Kniff, die Welt so einzurichten, daß wir sie nicht erleben müssen; Technik als Kniff, die Welt als Widerstand aus der Welt zu schaffen, beispielsweise durch Tempo zu verdünnen, damit wir sie nicht erleben müssen."

Erst seit der Begegnung mit Sabeth steigert sich Fabers Erlebnisfähigkeit. Bei Gelegenheit der Mondfinsternis in Avignon erlebt er das Gefälle von Zeit . . . Ganz aufgebrochen und erlöst für das Erleben des Zeitgefühls ist Faber allerdings erst nach Sabeths Tod und nach der Erkenntnis seines eigenen Geschicks.

Der Roman selbst stellt die Inkarnation des Zeitproblems dar. Faber, der bislang auf dem Gipfel der Zeit lebte, schreibt gegen die Zeit und zurück. Die Katastrophe hat sein Menschsein derart erschüttert, daß ihm vielleicht zum ersten Mal ein Begriff von seiner eigenen Wirklichkeit entsteht, die er als fragwürdige und gebrochene Wirklichkeit erkennen muß. Mitten in dieser Erfahrung der Fragwürdigkeit und Gebrochenheit verfaßt er den ersten Teil seines Berichtes. Es ist ein Gegen-die-Zeit-Schreiben, ein Nachholen und Wiederholen, der Griff nach sich selbst in der Vergangenheit . . .

Die zweite Phase hat schon begonnen, während die erste sich festigt. Die Krankheit schreitet fort, verstärkt das Erlebnis der Zeitvergängnis . . . Der Zwang, sich selbst noch zu schreiben, wenn nicht mehr zu leben, fordert noch die Tagebuchnotiz, die den Seismographen der Gegenwart darstellt. Die dritte Phase, das gegenwärtige Leben, durchspielt nun fortwährend das zweite, was möglich wird infolge des ereignislosen Verlaufs dieses Lebens im Krankenhaus. So kommt es, daß die Gegenwart in dem Augenblick „eingeholt" wird, da der zweite Berichtteil seinen Abschluß findet: Fabers letzter Tag in Athen vor dem Krankenhausaufenthalt. Der Tag, an dem Faber seinen Bericht abschließt – was sehr geschickt motiviert wird durch den Entzug der Schreibmaschine –, ist der letzte Tag vor der Operation. Von abends 18 Uhr bis zum Morgen gegen 8 Uhr schreibt Faber mit der Zeit, d. h. er hat, nur wenige Stunden von der Todesgewißheit entfernt, sein Leben erreicht . . .

Der Roman-Bericht „Homo Faber" ist infolge seiner Strukturierung, seiner intentionalen Organisation selbst die anschauliche Verkörperung der mühsamen und bitteren Selbstfindung des Helden, seines allmählichen und nachträglichen Gestaltwerdens in der Zeit.

Hans Geulen

SPRACHE UND STIL DES ROMANS „HOMO FABER"

Die sprachliche Gestaltung und der Stil des Romans „Homo Faber" werden dadurch gekennzeichnet, daß es sich um einen Bericht (wie ja auch der Untertitel des Romans lautet), um Reiseaufzeichnungen und Tagebuchnotizen handelt. Daher die flüchtigen, abgehackten, oft nur kurz hingeworfenen Bemerkungen, die abgerissenen, unvollständigen Sätze (Ellipsen), die Aneinanderreihung von Daten, Namen (auch von Firmen- und Typenbezeichnungen) und geographischen Ortsangaben, die Zitierung fremdsprachlicher Redewendungen, die dem Stil des Werkes sein ganz eigenes, zeitnahes und zeitverhaftetes Gepräge geben.

Der Beruf, das Wesen und Weltverhalten des Berichterstatters, des Ingenieurs Walter Faber, spiegelt sich in der nüchternen, herben, trokken-respektlosen, ja mitunter saloppen Redeweise wider, in der Verwendung einer jargonhaften Alltagssprache einerseits und einer wissenschaftlichen Fachsprache andererseits, im Versuch exakter, peinlich genauer, minuziöser Darstellungsweise; das Bestreben des Berichterstatters, alles zu verstehen, zu belegen, zu begründen und zu beweisen, bedingt die Einflechtung zahlreicher Kausalsätze (da . . ., weil . . .). Fabers Sprache ist alles andere als überhöht oder poetisch ausgeschmückt; sie ist die schnelle, telegrammstilartige, unkonventionelle, sachbezogene Sprechsprache unserer Zeit, die managerhafte Alltagssprache eines auf das rein Technische und Kaufmännische ausgerichteten Menschen des 20. Jahrhunderts, der berufsmäßig weltweite Reisen unternehmen, ständig auf der Achse sein muß und für schöngeistige oder musische Dinge weder Zeit noch Interesse hat.

Hier eine Textstelle des Romans, die es leicht ermöglicht, die obengenannten sprachlichen Kriterien gruppenweise (technische Ausdrücke, Namen und Ortsangaben, sachbezogene Wörter des alltäglichen Gebrauchs, fremdsprachliche Redewendungen, jargonhafte Ausdrücke, Slogans usw.) zusammenzustellen:

„Ich wohnte im Hotel Times Square. Mein Namensschild war noch an der Wohnung; aber Freddy, der doorman, wußte nichts von einem Schlüssel. Ivy hätte ihn abliefern sollen. Ich klingelte an meiner eigenen Tür. Ich war ratlos. Alles offen: Office und Kino und Subway, bloß meine Wohnung nicht. Später auf ein Sightseeingboat, bloß um Zeit loszuwerden; die Wolkenkratzer wie Grabsteine (das habe ich schon immer gefunden), ich hörte mir den Lautsprecher an: Rockefeller Center, Empire State, United Nations und so weiter, als hätte ich nicht elf Jahre in diesem Manhattan gelebt. Dann ins Kino. Später fuhr ich mit der Subway, wie üblich: Irt, Express Uptown, ohne Umsteigen am Columbus Circle, obschon ich mit der Independent näher zu meiner Wohnung gelangen könnte, aber ich bin in elf Jahren nie umgestiegen, ich stieg aus, wo ich immer ausgestiegen bin, und ging wie üblich, im Vorbeigehen, zu meiner Chinese Laundry, wo man mich noch kennt. Hello Mister Faber, dann mit drei Hemden, die monatelang auf mich gewartet hatten, zurück zum Hotel, wo ich nichts zu tun hatte, wo ich mehrmals meine eigene Nummer anrief – natürlich ohne Erfolg! – dann leider hierher.

Nice to see you, etc.

Vorher ging ich noch zu meiner Garage, um zu fragen, ob es meinen Studebaker noch gibt; ich brauchte aber nicht zu fragen, man sah ihn von weither (sein Lippenstiftrot) im Hof zwischen schwarzen Brandmauern.

Dann, wie gesagt, hierher.

Walter, what's the matter with you?

Ich habe diese Saturday-party eigentlich von jeher gehaßt. Es ist mir nicht gegeben, witzig zu sein. Aber deswegen brauche ich keine Hand auf meiner Schulter –

Walter, don't be silly!

Ich wußte, daß ich meiner Aufgabe nicht gewachsen bin. Ich war betrunken, ich wußte es. Sie meinten, ich merke es nicht. Ich kannte sie. Wenn man nicht mehr da ist, wird niemand es bemerken. Ich war schon nicht mehr da. Ich ging über den nächtlichen Times Square (zum letzten Mal, hoffe ich), um in einer öffentlichen Kabine nochmals meine Nummer einzustellen – ich verstehe heute noch nicht, wieso jemand abgenommen hat.

„This is Walter", sage ich.

„Who?"

„Walter Faber", sage ich, „this is Walter Faber –."

Unbekannt.

„Sorry", sage ich.

Vielleicht eine falsche Nummer; ich nehme das riesige Manhattan-Buch, um meine Nummer nachzusehen, und versuche es nochmals.

„Who's calling?"

„Walter", sage ich. „Walter Faber."

Es antwortet dieselbe Stimme wie vorher, so daß ich eine Weile verstumme; ich begreife nicht.

„Yes – what do you want?"

Eigentlich kann mir nichts geschehen, wenn ich antworte. Ich fasse mich, bevor der andere aufhängt, und frage, bloß um zu sprechen, nach der Nummer.

„Yes – this is Trafalgar 4-5571,"

Ich bin betrunken.

„That's impossible!", sage ich –.

Vielleicht ist meine Wohnung vermietet, vielleicht hat die Nummer gewechselt, alles möglich, ich sehe es ein, aber es hilft mir nichts.

„Trafalgar 4-5571", sage ich, „that's me!"

Ich höre, wie er seine Hand auf die Muschel legt und mit jemand spricht (mit Ivy?), ich höre Gelächter, dann: „Who are you?"

Ich frage zurück: „Are you Walter Faber?"

Schließlich hängte er ein, ich saß in einer Bar, schwindlig, ich vertrage keinen Whisky mehr, später bat ich den Barmann, die Nummer von Mister Walter Faber zu suchen und mir die Nummer einzustellen, was er tat; er gab mir den Hörer; ich hörte langes Klingeln, dann wurde abgenommen:

„Trafalgar 4-5571 – Hello?"

Ich hängte auf, ohne einen Ton zu sagen."

Gantenbein

Der Roman „Mein Name sei Gantenbein" wird in der Schule seltener gelesen als die beiden vorangehenden Romane Max Frischs, „Stiller" und „Homo Faber". Er ist nicht so geschlossen wie jene und offenbart durch die allzu häufigen vorgestellten Modifikationen des Erzähler-Ichs eine Diskontinuität, die den künstlerischen Gesamteindruck beeinträchtigt. Frisch ist zu sehr „verstrickt in Geschichten" (Werner Weber), und es bleibt nur zu hoffen, daß er seine bedeutende barocke Fähigkeit des Erzählens in Zukunft an strengeren und geradlinigeren architektonischen Baugesetzen orientiert. Deshalb werden im folgenden nur drei maßgebliche Stimmen der Literaturkritik zitiert, welche die künstlerische Bedeutung des Gantenbein-Romans kennzeichnen.

DIE ANPROBE VON GESCHICHTEN

Es wird evident, daß Frisch das alte Dürrenmatt-Thema – und damit auch ein Thema seines eigenen „Tagebuches" aus der ersten Nachkriegszeit – denkspielerisch weiterführte. Bei Dürrenmatt: Der Blinde, der in einer Welt der Einbildungskraft lebt, aber vom Dramatiker kontrapunktisch in eine reale Welt ganz anderer Art gestellt wurde. In Max Frischs Roman: Der Nur-scheinbar-Blinde, den alle Welt für blind hält, weshalb man ihm eine Scheinwelt vorspielt, während er selbst durchaus imstande ist, hinter den schwarzen Gläsern der Blindenbrille zu sehen, was an Wirklichem um ihn her vorgeht.

Hier aber, bei Frisch, vollzieht sich doch noch etwas anderes. Es bleibt nämlich durchaus fraglich, ob es sich bei diesem Menschen in der Bar, der sich langsam und planmäßig betrinkt und kurz darauf die Schauspielerin Lila kennenlernt, um irgendeinen realen Herrn Gantenbein handelt, der vor dem nicht zuhörenden Barmann einige Grundansichten des Schriftstellers Max Frisch als eigene Einsichten verkündet.

Denn wer ist Gantenbein? Gibt es Herrn Gantenbein? Zu Beginn des Romans erleben wir, wie ein Erzähler, der in der Ich-Form berichtet, diese Figur des Gantenbein sorgfältig montiert. Den Körper findet er bei einem fremden Herrn, den er in Paris auf der Straße vor sich gehen sah. Aber nur der Körper war zu brauchen. „Sein Gesicht kam nicht in Frage." Den Kopf bot ein Amerikaner auf der 34. Straße in New York. „Sein Gesicht kam in Frage." Der Körper war nicht zu gebrauchen.

So wird vom Erzähler eine Gestalt montiert. Sie bekommt auch schließlich – auf Seite 30 – einen Namen zugewiesen: „Sein Name sei Gantenbein." Im Verlauf der Geschichte scheint es dem Erzähler jedoch immer zweifelhafter zu werden, ob die von ihm erfundenen Geschichten Gantenbeins wirklich „abendfüllend" genug sein konnten als Gewand für ein ganzes Menschenleben. Die Blindenrolle Gantenbeins wird zunächst virtuos ausprobiert in allen Varianten, vom Schachspiel des fingierten Blinden bis zu seinem Verhalten bei Überschwemmung in der Wohnung, weil der Wasserhahn im Badezimmer von Lila nicht zugedreht wurde. Wie soll sich Gantenbein verhalten, wenn er einerseits nicht sehen darf, daß die Teppiche und Möbel in Überschwemmungsgefahr sind, andererseits aber nicht, um der gespielten Rolle willen, die Wertstücke gefährden will?

Allein bereits auf Seite 253 findet der Erzähler das Blindenspiel „nachgerade langweilig". Worauf er sich den Fall ausdenkt, daß Gantenbein plötzlich seine Rolle aufgibt, um Lila zu gestehen, er habe alles gesehen.

Dies sind mögliche Geschichten eines Herrn Gantenbein, den der Erzähler mit vielen Lebensvarianten ausprobiert und ausstaffiert.

Aber er versucht es nicht bloß mit der Figur des Gantenbein. (Wohlgemerkt: Es ist allein von dem „Erzähler" innerhalb des Romans die Rede, nicht vom Autor Max Frisch!) Es wird auch ein Universitätsdozent Doktor Enderlin ausprobiert, der einen Ruf nach Harvard hat, aber nicht annimmt. Es wird ein böhmischer Ehemann der Lila, Herr Svoboda, aufgebaut, ein ganz anderer Typ als Gantenbein. Aber auch er muß dazu herhalten, die Geschichte zu erleben, zu durchdenken und zu erfüllen, die der Erzähler offensichtlich selbst erlebte: Die Geschichte eines Mannes, den eine geliebte Frau verlassen hat (war sie geliebt?) und der sich nun allein in der verlassenen Wohnung findet. Diesem Erlebnis werden nun die Kleider Gantenbein, Enderlin, Svoboda anprobiert.

Es kommt schließlich in der Vorstellungswelt des Erzählers auch noch ein Herr namens Siebenhagen vor, und der Erzähler fragt sich auf

Seite 482: „Muß ich auch Siebenhagen noch erfinden?" Er tut es dann nicht, denn auf Seite 406 hatte er sich bereits entschieden: „Mein Name sei Gantenbein." Kleine Zweifel sind noch zu überwinden, dann jedoch heißt es auf Seite 420: „Mein Name sei Gantenbein! (Aber endgültig.)" Die Wandlung vom Punkt hinter Gantenbein zum Ausrufungszeichen zeigt den schwer gefaßten Entschluß an. Der Erzähler hat sich zur Lebensvariante als Herr Gantenbein entschlossen. Der falsche Blinde, der schließlich angibt, daß er niemals blind war, worauf die Liebes- und Lebensbeziehung zu Lila abbricht, erweist sich als bestmögliche Geschichte für das Erlebnis, das in eine Geschichte verwandelt werden soll.

Bis der Erzähler am Schluß das Schachbrett mit all seinen Figuren einfach umwirft. Er hat auch die Variante eines plötzlichen Herztodes ebenso ausprobiert wie die einer Wasserleiche in der winterlichen Limmat. Zum Schluß aber sitzt der Erzähler wohlbehalten am Tisch in einem glühend heißen italienischen September. Er sitzt nicht allein am Tisch. Man wartet auf den gerösteten Fisch. „Leben gefällt mir –." Die letzten Worte des Romans. Als Abschluß ein Gedankenstrich. Bei Büchner hieß das: „So lebte er hin . . ."

Es zeigt sich, daß diese Verwandlung eines wirklichen Erlebnistatbestandes in zahlreiche – vorgestellte, mögliche – Geschichten im Falle des Mannes und Erzählers im wesentlichen gelingt. Die Art, wie Gantenbein montiert wird und seine Blindenrolle aufbaut, ist tief humoristisch und ausgezeichnet erzählt.

Gegen den Schluß hin aber verlieren die Varianten an Fülle und erzählerischem Reiz. Gantenbein als Vater und Alternder ist nicht mehr als eine – künstlerisch unnotwendige – Variante. Es zeigt sich: Die Verwandlung von Wirklichkeit in zahllose mögliche Geschichten, eines Wirklichkeitsmenschen in einen Möglichkeitsmenschen, hebt deshalb die künstlerische Auswahl und ästhetische Selektion nicht auf.

Die Verwandlung von Leben in Geschichten ist Verwandlung von Dasein in Kunst. Dies ist Max Frischs eigentliches Romanthema. Aber im zweiten Teil seines Romans scheitert er weitgehend daran, daß alle Verwandlung von Leben in Möglichkeiten voraussetzt, daß es sich um künstlerisch fruchtbare Möglichkeiten handelt.

Die Varianten sind unnotwendig, wodurch gegen den Schluß des Romans hin der Leser ein Gefühl der Langeweile und Lustlosigkeit verspürt; er wird jedoch gezwungen, sein Pensum zu absolvieren. Um das Beispiel der Kleideranprobe wieder aufzugreifen, denn es stammt von Frisch, der zu Beginn seinen Erzähler erklären ließ: „Ich probiere

Geschichten an wie Kleider!", so hat man gegen Ende des Romans den Eindruck, einer Anprobe von Kleidern beizuwohnen, bei welcher der Anprobierende von vornherein weiß, daß er diese Kleidungsstücke auf keinen Fall nehmen wird. Es rächt sich aber im künstlerischen Bereich. Hans Mayer

ROLLE UND WIRKLICHKEIT IM GANTENBEIN-ROMAN

In Frischs Roman „Mein Name sei Gantenbein" wird das Problem von Rolle und Wirklichkeit aufs neue aufgenommen, doch erhält hier die Rolle einen positiven Akzent, während die Wirklichkeit undefiniert und im Vagen bleibt. Die verschiedenen Möglichkeiten, sich zu verhalten, wie wir sie bei Stiller festgestellt haben und wie sie sich nicht mehr zu einem geschlossenen Persönlichkeitsbild im Sinne des Romans des neunzehnten Jahrhunderts zusammenfügen lassen, werden auf eine Reihe selbständiger Ich-Entwürfe (Rollen-Entwürfe) des Erzähler-Ichs übertragen. „Ein Mann hat eine Erfahrung gemacht, jetzt sucht er die Geschichte dazu ..."

Einer dieser Ich-Entwürfe ist Gantenbein, der den Blinden spielt. Doch auch innerhalb dieser einen Gestalt gibt es noch verschiedene Möglichkeiten. So heißt es zu den einzelnen Berichten von Gantenbein immer wieder vom Erzähler-Ich: „Ich stelle mir vor:".

Gantenbein verwirklicht, was Stiller als Lösung des Problems vor Wirklichkeit und Rolle vorschwebt, daß man imstande sein müßte, durch die Verwechslung der Mitmenschen hindurchzugehen, eine Rolle spielend, ohne sich selbst je damit zu verwechseln. Ja, Gantenbein überbietet diese Forderung, indem er freiwillig eine den Mitmenschen entgegenkommende Rolle spielt.

Im Gegensatz zu Stiller denkt Gantenbein nicht nur an sich selbst, sondern auch an andere Menschen, wenn auch aus utilitaristischen Gründen. Damit ist eine gewisse Lockerung und Befreiung, vor allem in der Sprache, eingetreten. Stiller stellte an den anderen Menschen die bohrende Forderung, ihn als den zu erkennen, der er wirklich war, bzw. zu sein wähnte. So an Julika, seine Frau. Die vergebliche und aussichtslose Anstrengung, Stiller zu verstehen, ging über ihre Kraft und zerstörte sie. Anders Gantenbein.

Er verzichtet vollständig darauf, von Lila, seiner Frau, die in einem der Entwürfe Schauspielerin ist, erkannt und verstanden zu werden. Er spielt auch vor ihr die Rolle des Blinden und gerade vor ihr.

Denn damit bewahrt er sie ihrerseits vor Verstellung. Gegenüber Stiller ein neues Motiv. Sie muß ihm hinsichtlich ihrer eigenen Affären nichts verbergen, sie muß sich in nichts vor ihm rechtfertigen, weil er ja – vermeintlich – nichts sieht und damit nichts merkt. Aber kann die Rolle auf die Dauer die Wirklichkeit ersetzen? Es heißt: „Ab und zu habe ich es satt, Gantenbein zu spielen, und begebe mich in die Natur." Er nimmt seinen Hund mit und spielt mit ihm als Sehender.

Das Leben in der Rolle genügt also nicht, nicht für den Spieler, aber auch nicht für den Mitmenschen. Das Erzähler-Ich stellt sich vor, daß Gantenbein eines Tages seine Rolle aufgibt. Er tut es, weil er sie nicht mehr für nötig hält. Er meint, daß es für Lila „eigentlich" eine Liebeserklärung ist, wenn er sie „gleichmütig-belustigt" einweiht. Aber diese Eröffnung bedeutet das Ende. „All diese Jahre! sagt sie, du diese Eröffnung bedeutet das Ende. „All diese Jahre!", sagt sie, „du gehst!" ... dann schreiend: „daß du gehst!"

In der Problematik von Wirklichkeit und Rolle ist nichts gelöst. Stiller hat Julika mit der bohrenden Forderung, als der erkannt zu werden, der er ist (jedenfalls zu sein wünschte), überfordert, Gantenbein hat Lila durch das Spielen einer Rolle entwürdigt.

Im Roman „Mein Name sei Gantenbein" hat sich die Sprache also nur scheinbar entspannt. Die Atempause, die uns der Dichter mit dem schweifenden Spiel seiner Phantasie gewährt, ist trügerisch. Die Sprache, die auf lange Strecken in überlegener Heiterkeit dahingleitet, gibt plötzlich ihr Inkognito auf, und das heitere Spiel entpuppt sich als makabrer Tanz über dem Abgrund. Martha Glaser

DIE SUCHE NACH DEM EIGENEN ICH: „MEIN NAME SEI GANTENBEIN"

Max Frisch hat eine ausgesprochene Vorliebe für das Tagebuch und tagebuchähnliche Formen. Im Tagebuch werden skizzenhaft Augenblicke festgehalten. Das Tagebuch ist keine in sich geschlossene, vollendete Form, es ist eine offene Form: Darum ist es Max Frisch gemäß. Frisch hat in allen seinen Werken einen Hang zum Skizzenhaften. Eine Erklärung dafür gibt er selber: „Die Skizze hat eine Richtung, aber kein Ende; die Skizze als Ausdruck eines Weltbildes, das sich nicht mehr schließt oder noch nicht schließt; als Scheu vor einer förmlichen Ganzheit, die der geistigen vorauseilt und nur Entlehnung sein kann;

als Mißtrauen gegen jede Fertigkeit, die verhindert, daß unsere Zeit jemals eine eigene Vollendung erreicht . . ."

Offene Form ist auch Stillers Tagebuch und Walter Fabers Bericht, und offene Form kennzeichnet den Roman „Mein Name sei Gantenbein" (1964). Ein Mann, der Erzähler, probiert hier Geschichten an wie Kleider. Es wird mit vielen Geschichten eine Geschichte erzählt. Im „Gantenbein" ist Max Frisch die bisher wohl differenzierteste und subtilste Gestaltung seines Grundthemas gelungen. In neuer, überraschungsreicher Spielart treffen wir alle Motive wieder an, die den Dichter seit eh und je bewegen. „Jeder Mensch erfindet sich früher oder später eine Geschichte, die er für sein Leben hält . . ." oder eine ganze Reihe von Geschichten, Schablonengeschichten. Der Erzähler probiert viele solcher Geschichten durch, aber keine will ihm recht stehen. Er will darum keine Geschichte für sich, denn Geschichten sind „Bildnisse", die man sich bekanntlich nicht machen soll.

Im „Gantenbein" ist Frisch auf der Suche nach einem Ich. Die Geschichten, die der Erzähler „anprobiert", sind Entwürfe dazu. Aber keiner der Entwürfe gelangt schließlich zur Ausführung, keiner wird angenommen. Als untaugliche schablonenhafte Wiederholungen werden sie alle wieder verworfen.

Unter vielen möglichen Geschichten die richtige zu finden und damit das Leben, das unvertauschbare, das „wirkliche" – darum geht es. Gantenbein stellt sich blind und spielt viele Rollen durch, nicht nur, um die ihm gemäße Rolle zu erfahren, sondern auch gleichzeitig in der Hoffnung, daß die anderen vor dem Blinden ihre falschen Rollen aufgeben, damit sie ihre Geschichte, ihr eigentliches Leben, finden und wagen. Damit ein Leben aber ein „wirkliches" Leben ist, muß einer mit sich selbst identisch werden: Er darf keine Larve mehr tragen. Von Lila heißt es einmal im „Gantenbein": „Das Gefühl, daß sie eine Larve trägt, eigentlich hat er's schon seit Wochen. Daß seine Gegenwart sie dazu nötigt, eine Larve zu tragen, das geht nicht; das muß ein Mangel von ihm sein; man kann nicht leben neben ihm." Und an anderer Stelle lesen wir: „Es ist, sobald ich dabei bin, nicht die Gesellschaft, die mich interessiert, sondern eine Gesellschaft von Larven, die ich verschulde . . ."

In einem Wirbel von Geschichten späht Max Frisch nach der einen, vollkommen reinen und ganz passenden, „sitzenden" Geschichte aus, nach dem einzig wahren Ich und dem einzig wirklichen Leben. Er ist – man darf es so formulieren, auch wenn es sehr hoch tönt – auf der Suche nach dem verlorenen Paradies, nach dem Sein vor der Sünde, nach dem wirklichen, echten Leben. Eduard Stäuble

INTERPRETATIONEN MOTIVGLEICHER GEDICHTE IN THEMENGRUPPEN

Band 1

Der Mond in der deutschen Lyrik

Arp — Bischoff — Borchert — Bo[illegible]
Claudius — Däubler — Droste-Hülshoff [illegible]
Härtling — Heine — Holz — Klopstock — [illegible]
Lehmann — Leonhard — Lichtenstein — zur Linde [illegible]
stern — Rasche — Rühmkorf — v. Stolberg [illegible]
Werfel — Wiens.

Band 2

Politisch-soziale Zeitgeschichte — von Edgar Neis

Arndt — Bachmann — Becher — Biermann — Brecht — Bürger — Celan Chamisso — Dehmel — Domin — Enzensberger — Le Fort — Freiliggrath Gryphius — Hädecke — Hagelstange — Heine — Herwegh — Hutten Kaschnitz — Keller — Kerr — Krolow — Kunert — Logau — Lersch Marti — Platen — Sabais — Salis — Schenkendorf — Schiller — Schreiber — Schubart — Strittmatter — Tucholsky — W. v. d. Vogelweide Weitbrecht — Wildenbruch. Preis 6,50 DM

Band 3

Der Krieg im deutschen Gedicht — von Edgar Neis

Bender — Benn — Biermann — Binding — Brambach — Brecht — Claudius — Dehmel — Eich — Flex — Le Fort — Fried — Gleim — Goethe Hakel — Heise — Heym — Hölderlin — Höllerer — Huchel — Jahn Jean Paul — Kaschnitz — Kästner — Körner — Leip — Lersch — Leonhard — Liliencron — Logau — Menzel — Mosen — Mühsam — Münchhausen — Neumann — Nick — W. Paul — Sachs — Schiller — Schnurre Schumann — Stramm — Toller — Toussel — Trakl — Tumler — Vogel Wiechert. Preis 6,50 DM

Band 4

Liebe im deutschen Gedicht — von Robert Hippe

Benn — Brecht — Eichendorff — George — Gleim — Goethe — Günther Hesse — Hofmannsthal — Jacobi — Kästner — Krolow — Lasker-Schüler Lenau — Liliencron — C. F. Meyer — H. v. Mohrungen — Mörike Münchhausen — Opitz — Reinig — Rilke — Storm — Stramm — W. v. d. Vogelweide — Weckherlin. Preis 5,— DM

Band 5

Der Tod im deutschen Gedicht — von Robert Hippe

Bächler — Benn — Brecht — Celan — Claudius — Droste-Hülshoff — Eich Goethe — Gryphius — Hesse — Heym — Hofmannsthal — Hofmannswaldau — Höllerer — Kaltneker — Keller — Klopstock — C. F. Meyer Mörike — Nick — Nietzsche — Novalis — Rilke — Schiller — Storm Stramm — Trakl — Uhland. Preis 5,— DM

In Vorbereitung:

Band 6

Die Jahreszeiten im deutschen Gedicht — von Robert Hippe

ISBN 3 8044 0032 9